키니는
오늘도 여전히
다정합니다

키니는 오늘도 여전히 다정합니다

초판 인쇄 | 2020년 1월 20일
초판 발행 | 2020년 1월 20일

지은이 | 멍디 (배은영)
펴낸이 | 조광환
펴낸곳 | 프로작북스
ISBN 979-11-90416-01-6 13810

주소 | 인천시 부평구 장제로 163 카리스뷰 2차 1201호
전화 | 010)2090-8109
팩스 | 02)6442-4524
이메일 | luffy1220@naver.com
등록 | 제 2019-000008호 (2017년 6월 21일)

키니는
오늘도 여전히
다정합니다

나와 함께라서 오늘도 난 행복해

글·그림 멍디

3. 가족이 된다는 것에 대해서

: 반려인들과 강아지가 좀 더 행복한 사회를 위해.

4. 앞으로 더 행복해질 너와 나의 이야기

: 너희를 조금 더 이해할 수 있게 되었어.

키니와 함께 살고 있는 집사 멍디입니다

급한 성격 탓에 하고 싶은 일이 생기면 어떻게든 빨리 해치우고 싶지만, '이렇게 하면 이런 문제가 생기는 거 아니야?' '잠깐, 이 일을 하려면 이게 필요할 것 같은데?' 이런 식으로 생각이 꼬리에 꼬리를 물면 아무것도 하지 못하는 그런 사람. 전 이렇게 성격은 급한데, 생각이 많아서 고민인 사람이었습니다.

그러다 보니 뭐 하나 쉽게 지나치는 법이 없어서 사람들과의 관계에서도, 일어나지도 않은 미래의 일에 대해서도 걱정이 많았죠. 하지만 이런 불안과 걱정들로 주춤거리고 싶지 않았기에

부정적인 생각들을 하지 않으려고 부단히 애를 썼습니다. 특정한 것에 집착하거나 고민하지 않기 위해 '뭐, 그럴 수도 있지.'라며 생각을 흘려보냈었죠.

그렇게 버리고 덮었던 마음들 때문이었을까, 제가 느끼는 감정조차 알 수 없게 되어버렸습니다. 예전에는 생각이 많아 고민이었는데, 어느 순간부터는 내가 뭘 좋아하는지, 싫어하는지 깊게 생각하지 않게 되어 버렸습니다. 제 감정에 따라 깊이 생각해서 하는 일들이 오히려 어색해져 버렸습니다. 이런 혼란스러운 마음이 지속되는 와중에 키니를 만났습니다.

키니를 키우기 전에 저는 개를 '좋아하는' 사람이었습니다. 개가 어떤 마음을 가졌는지, 개를 어떻게 대해야 할지 기본 지식조차 없는, 단순히 개를 좋아하는 사람 말이죠. 그런 제가 키니를 키우면서 서로에게 서서히 익숙해져 갈 때쯤, 깨달은 게 있었습니다. 제가 키니를 위해 인내하고 애쓰는 건 줄만 알았는데, 오히려 저보다 훨씬 약하고 작은 키니가 더 저를 위해 애쓰고 인내하고, 저를 사랑해주고 있었다는 걸 말이에요. 이제 키니는 저에게 단순한 선호를 넘어 진심으로 대해야 하는 존재가 되었습니다.

나뭇잎이 바닥을 스치는 소리에는 기겁하지만, 하늘을 찢으며 울리는 천둥소리에는 시큰둥해하는, 자기 몸집만 한 택배 박스에 붙어 간식을 탐색하지만, 박스에서 뜯어낸 테이프 뭉치는 무서워하는 정말 이상한 개. 겨드랑이 사이로 고개를 들이밀어 애교를 부리는, 귀여운 갈색 개. 키니와의 엉뚱한 일상은 혼란스러웠던 제 마음에 여유를 주었습니다. 키니를 통해 다시 저를 돌아볼 수 있었죠. 이런 마음들을 기록하고 싶었습니다. 사람들과 함께 이 마음을 나누고 싶었습니다. 그렇게 저는 '키니일기'를 그리기 시작했습니다.

'키니일기'를 그리면서 지금까지 이런저런 상처들 때문에, 힘들었던 일상을 버티기 위해 스스로 닫아버렸던 제 마음을 조금 더 바라볼 수 있었습니다. 키니와의 일상은 지치고 힘들었던 제 마음에 위로가 돼주었고, 스스로를 사랑할 수 있는 마음의 여유를 주었습니다. 예전보다 조금 더 따뜻해질 수 있는 힘을 주었죠. 그 따스함은 제 주변에도 전해졌습니다. 그리고 키니를 통한 이 모든 생각은 단 한 번도 냉소적이지 않았습니다.

키니는 지금도 제 옆에 붙어 앉아 간식을 먹고 있습니다. 더 바라는 것 없이, 이 모습만으로도 제 마음에 따스한 위로가 된다는 게 정말 신기할 따름입니다. 부디 저와 키니의 이야기를 통해 이 책을 읽는 여러분들에게도 따뜻한 위로가 되기를 바랍니다.

키니, 너와 처음 만나던 날

초보 집사의 이야기

3남 2녀 중 장남

네가 어쩌다 나에게 왔을까?
세상에서 제일 사랑스러운 내 갈색 푸들.

강아지?

응

잘 키울 수 있을까

지식이 부족해

손이 많이 갈텐데

귀엽겠다

비용은?

강아지가
늙고 아프면
슬플텐데

나는 칼퇴근 하니까
강아지를 보살필 시간이
보장되어 있어.

예산은 한 달에 ○○ 원씩 잡고….

여기 보면
강아지 교육법이 나와 있는데
너도 꼭 읽어야 해….

단단히 마음먹고 계획을 세운 언니.

잘 할 수 있을까?

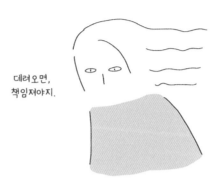

데려오면,
책임져야지.

그렇지...!

그게 제일 기본이지.

"넌 강아지가 좋아, 고양이가 좋아?"

2015년 겨울 초입의 어느 날, 언니가 나에게 물었다.

"난 고양이가 더 좋아. 조용하고, 눈도 유리구슬같이 맑은 데다 사뿐사뿐 걷는 모습이 예쁘잖아."

"그래? 난 강아지가 더 좋은데. 혹시 동물 키울 생각 없어?"

"있지. 언젠가는 말이야."

"이번에 데려올까?"

평소에도 자주 주고받던 이야기였지만, 이번에는 조금 달랐다. 공원에 산책을 하러 갈 때마다 주인과 발맞춰 걷는 강아지에게 눈을 떼지 못하고, 고양이를 키우는 친구 집에 놀러 가는 날이면 현관을 나서기 전부터 들뜨는 우리 자매였기에 "언젠가 반려동물을 키우면 진짜 행복하겠다."라는 이야기를 밥 먹듯이 자주 했지만 '언젠가'라는 말처럼 두루뭉술하게 키웠으면 좋겠다는 생각이었을 뿐, 구체적으로 반려동물을 키운다는 생각을 해본 적은 없었다.

고향인 부산을 떠나 함께 자취한 지 2년째. 언니는 전공인 전자통신 직렬의 군무원으로 경기도 고양시에 발령받았고, 나는 다니던 디자인 회사를 퇴사하고 창업 준비로 잠시 쉬고 있을 때였다. 새로 시작하는 일과 업무에 적응하기만 바쁜 줄 알았는데, 언니는 두 번의 이사를 하며 넓어진 공간에 반려동물을 데려올 생각을 해온 모양이었다.

"고양이? 우리 고양이 알레르기 있잖아."
고양이를 만지면 털 때문인지, 털에 묻은 고양이의 침 때문인지 둘 다 눈이 충혈되고 피부에 두드러기가 나곤 했다.

"그래서 고민해봤는데, 강아지는 어때? 푸들이 털 날림이 적대. 영민하고 애교가 많아서 초보 집사가 키우기에도 적합하고 말야."

"고양이든 강아지든 수명이 평균 15년이라는데, 그 긴 시간을 책임지고 키울 수 있을까? 난 좀 걱정돼. 그만큼의 비용과 반려동물이 늙고 아플 때 병원비도 생각해야 하잖아."

"나는 출퇴근 시간이 일정한 편이니, 종일 집을 비울 일은 없을 거야. 월급 밀릴 일도 없어서 비용 계획을 세웠어. 넌 걱정하지 않아도 돼. 나중에 너도 수입이 생기면 그때부터는 강아지가 아프거나 큰돈이 나갈 상황을 대비해 같이 적금을 들자."

'털이 복슬한 친구가 내 가족이 된다면 정말 행복하겠지.'

어렴풋한 상상은 꼬리를 흔들며 달려와 주는 갈색 털의 푸들로 선명하게 바뀌었다. 내가 더는 반대하는 기색이 없자 언니는 사진 하나를 보여주었다.

"3남 2녀 중에 장남이래. 갈색 푸들! 진짜 귀엽지?"

브레이커 키니

배변을 가리지 못해 하루에 몇 번씩 이불 빨래를 돌리고
밤마다 낑낑대며 나를 불러서 잠도 잘 수 없다.
작지만 날카로운 이빨로 정도를 모르게 앙앙 물어
팔에 상처가 빼곡히 났다. 얘 언제 클까?

키니가 우리 집으로 온 첫날.

제법 의젓한 걸...?

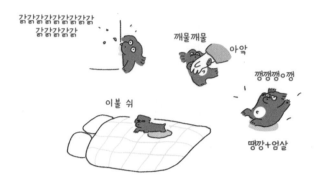

키니는 다음날부터
엄청난 존재감을 뿜어내기 시작했다.

덜컹덜컹

추워... 깨물지 마... 아파...

와작와작

내 가구...

서서히 박살나는 살림살이

너의 이빨 짓이란다.

지금은 거들떠보지도 않아
되려 억울하다.

아기 키니는 밤에 깊게 잠이 들지 못하고 밤낮으로 몇 번씩 잠이 들다 깨곤 했다. 그러다 보니 언니와 나도 한밤중에 두세 시간에 한 번씩은 잠을 깨곤 하였다. 잠결에 낑낑대는 소리를 들으면 잠에 취해 뭉개진 발음으로 어르고 달래고는 했다.

"키니야.. 울지 마. 누나 여기 있어. 얼른 자.."

그러다 순간 싸한 느낌이 들면 키니가 이불에 쉬를 한 뒤였다. 그럴 때마다 잠이 확 달아났다. 아직 배변을 잘 가리지 못해 이불 위에 용변을 보기 일쑤였던 키니 덕택에 자취방의 6.5kg짜리 통돌이 세탁기가 쉴 새 없이 돌아갔다. 건조대는 하나뿐인데 이불과 매트리스 커버를 동시에 널어야 해서 빨래 건조대도 하나 더 구매할 수밖에 없었다. 키니를 데려온 그해 겨울은 종일 널어놓은 이불 덕분에 집안이 건조할 틈이 없었다.

가끔 키니가 등을 굽히며 네 다리를 한 곳에 모으면 이제 막 걷은 이불을 도로 세탁기에 넣어야 한다는 생각에 "야!"하고 벌컥 성을 내기도 했다. 그러나 화를 내봤자 무서워하며 후다닥 도망치기만 할 뿐, 교육에는 전혀 도움이 안 됐다. 결국 '참을 인' 자를 마음속으로 새기며 (세 번에 한 번꼴로) 패드에 용변을 보는 데 성공할 때마다 간식을 주었다.

강아지의 배변 교육은 인내심과 칭찬, 그리고 이불 빨래로 완성되는 거니까.

이갈이를 시작하고부터는 내 손발은 물론이고, 온 집안의 목제 가구를 씹기 시작했다. 바닥을 뒹굴고 놀다가 근처에 깨물기 좋을 만한 가구가 있으면 깨물었다. 거칠게 일어난 가구를 계속 깨물다 입을 다칠까 싶어 짐짓 혼내는 체했지만, 잠시 우물거리다 곧 매끈한 다른 면을 갉기 시작했다. 내 손발을 물때면, 물지 않도록 키니에게 말 할 수 있지만, 가구는 그렇게 할 수 없으니 속절없이 깎여나갔다. 그때는 커서도 이러면 어쩌나 걱정이 되었는데, 성견이 된 후로는 자연스럽게 빈도가 줄었고 언제 관심을 가졌냐는 듯 신통하게도 가구 근처에 가지도 않는다.

하루가 멀다고 빨래를 하던 이불은 버린 지 오래되었지만, 가끔 키니가 갉아대서 거칠게 일어난 가구의 모서리를 볼 때면 온 집안의 물건을 뒤집어 놓던 어릴 적 말썽꾸러기 '브레이커 키니'가 떠올라 그 시절 아기 키니가 그립기도 하다.

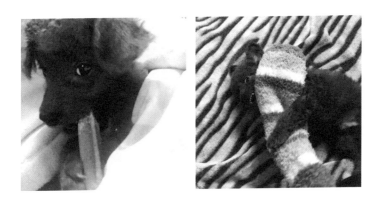

초보 집사의 달리기

강아지에 대한 정보를 담은
책과 영상을 수십 번 돌려봐도,
키니가 캑캑대는 한 번에
머릿속이 새하얗게 변한다.

웨엑

가끔 구토를 하는 키니.

너 임마 오늘 좀
급하게 먹더라니

사료토

쩝

지금에야 구토의 색이나
키니의 상태를 보고 판단하지만

키니를 처음 데려왔을 때에는
조금만 이상이 있으면

으아아아아아앙
ㅠㅠㅜㅜㅜㅜㅠ
키니야 ㅠㅠㅠㅠ

바로 병원으로 달려갔다.

하루정도는 경과를
지켜보고 오시는게...

죄송해요...

하루에 두 번은
병원 출석을 하던 초보 집사.

이거 왜 빨갛지...?

*빨간색 간식이었다

물론 지금도 쫄기는 마찬가지.

"캑캑, 캑."

"왜 그래? 어디 아파?"

초보 집사인 언니와 나는 어릴 적 키니가 조금만 기침을 해도 바싹 달라붙어 발을 동동 구르곤 했다. 어린 반려견들은 면역력도 약하고 쉽게 아프니 매 순간 겁이 났다. 모르는 사이에 심각한 병에 걸리면 어쩌지? 라는 생각에 더 노심초사했던 것 같다. 인터넷에 검색하면 '치사율 90%', '치명적', '쇼크' 같은 온갖 무서운 단어가 떠돌았기에 조금이라도 키니의 상태가 이상하다 싶으면 담요에 키니를 돌돌 말아 끌어안고 병원으로 달려가기 일쑤였다. 어떤 날은 하루에 두 번 이상 병원을 방문하기도 했다. 불안한 눈을 하고 허겁지겁 입구로 뛰어 들어오는 나를 본 원장님이 웃으며 달래곤 했다.

"아기들이 면역력이 약한 건 맞지만, 이렇게까지 걱정하지 않아도 돼요. 눈에 띄게 상태가 심각하지 않다면 하루 정도 지켜본 후 오셔도 됩니다."

진료를 받던 키니가 평소와 같이 앙앙거리며 내 목도리를 깨물며 놀기 시작했기 때문에 머쓱해진 채로 원장님께 고개를 끄덕였다. 내 눈에 키니는 훅 불면 날아갈 것 같은 아주 작은 갈색 민들레 같았다.

그러던 어느 날 밤, 키니가 갑자기 맥을 못 추며 밥을 먹지 않았다. 하루를 지켜봤지만, 나아지는 기미는 전혀 보이지 않았고, 다음 날 저녁이 되자 붉은 설사와 구토를 왈칵 쏟아냈다. 키니도 많이 놀랐는지 울음소리조차 내지 않았다. 심상치 않은 키니의 상태에 덜컥 겁이 나서 다급히 핸드폰으로 집 근처의 가장 가까운 병원을 검색해 달려갔다. (항상 가던 병원은 8시면 문을 닫았기 때문에) 그렇게 도착한 병원의 첫인상은 썩 좋지 않았다. 강아지를 판매하는지 아홉 개의 투명한 아크릴 케이지가 행인이 잘 볼 수 있는 창가로 죽 붙어있었다. 지저분한 타일이 깔린 진료실 바닥과 낡은 서류가 가득한 카운터가 어딘지 모르게 스산했다. 간단히 접수하고, 40대 초반으로 보이는 남자 의사에게 키니의 증상을 설명했다.

"붉은색 설사를 하고, 구토도 계속해요. 이틀째 밥도 제대로 못 먹어요."

"파보 장염이나 코로나 장염일 수도 있어요. 어린 강아지에게 치명적입니다. 일단 검사비 5만 5천 원입니다."

의사는 키니를 눈으로 쓱 훑더니 검사 키트를 찾으러 병원 안으로 들어갔다. 그 의사의 태도에 황당함을 느꼈지만, 바들바들 떠는 키니가 더 우선이었다. 다행히 결과는 한 줄 음성. 정상이었다.

"장염은 아니네요. 그래도 수액을 맞추고 입원해야 할 상태입니다. 일반 수액은 8만 원, 좀 더 좋은 건 10만 원입니다. 입원비는 하루에 10만 원이고요."

심각한 상태가 아니라니 안심되었지만, 키니를 제대로 살펴보지도 않으면서 진료 비용만 속사포로 말하는 태도에 제쳐두었던 황당함이 불쑥 올라왔다.

원래 다니던 병원은 키니가 어떤 질병이 의심되는지 알려주고, 비슷한 증상을 보이던 다른 개들의 진료 사례를 보여주며 상세하게 안내해주었는데, 진료비용부터 꺼내는 이 병원의 태도에 황당함을 넘어 화가 났지만, 화를 애써 참고 키니를 데리고 병원에서 빠져나왔다. 성의 없는 진료태도가 마음에 걸려 입원을 시킬 수가 없었다.

'초보 집사인 내가 유난을 떠는 건가?'

혹시라도 내가 너무 예민한 건지 고민했지만, 그 병원을 신뢰할 수가 없었다. 집으로 돌아와 키니를 돌보며 밤을 새우다시피 하룻밤을 보낸 뒤, 날이 밝자마자 원래 다니던 병원을 찾아 어제의 일을 전했다. 내 말을 들은 원장님은 여전히 기운이 없는 키니를 꼼꼼히 살펴본 후 말했다.

"키니가 잠깐 탈이 났던 것 같아요. 그런데 수액을 맞추고 입원을 할 만큼 심각한 건 아니에요. 기운이 없는 건 식욕이 없어 밥을 제대로 먹지 못해 그래요. 다만 혈당이 떨어질 수 있으니 설탕과 물을 1:1 비율로 섞어 조금씩 주세요. 그렇게 하루 더 지켜보면 좋을 것 같아요."

이렇게 친절한 진료라니. 어젯밤의 불쾌한 마음이 치료되는 기분이었다. 다행히 키니는 곧 건강을 회복했고, 믿을 수 있는 병원을 찾는 것도 참 중요하구나 싶었다. 이제는 키니가 공복에 뱉어내는 거품이나 급히 먹는 바람에 게워내는 사료 정도는 쓱 닦아내며 "그게 천천히 먹으랬지."라며 키니를 타박하는 의연함도 생겼다. 기운이 없어 보여도 간식을 탐내고 밥을 잘 먹으면 그냥 피곤한가 싶어 귀찮게 하지 않고 혼자 쉬도록 내버려둔다. 대부분은 반나절만 지나면 컨디션을 회복하곤 한다. 물론 겁 많은 마음 한편에는 아직도 '혹시 어디 아픈 건 아닐까?'라는 두려움이 여전히 있지만, 초보 집사일때와는 비교도 안 될 정도로 의연해진 나를 발견하곤 한다.

첫 산책

가끔은 산책하러 나가기 귀찮을 때도 있다.
그렇지만 시무룩하게 턱을 괴고 누운 키니보다
산책하며 즐거워하는 키니를 보고 싶다는 생각이
나를 움직이게 만든다.

~로망의 공원산책~

산책은 그냥 줄을 매고
나가면 되는 줄 알았는데

(얼음)

아기 키니에게는
큰 용기가 필요한 거였다.

우선 끈에 익숙해지도록
리본으로 연습하래.

간식으로 흥미를 유도하고...

아기가 걸음마를 배우듯
단계적인 교육이 필요했다.

가까운 곳부터...

천천히...

키니가 배워야 할 게 아주 많다.

야호!

물론 지금은 신나서 돌아다닌다.

반려견을 사이에 두고 셋이 나란히 걷는 평화로운 산책은 언니와 내가 반려견과 함께 하는 생활에서 기대한 낭만이었다. 실제로 바람에 흔들리는 나뭇잎 소리를 키니와 함께 느긋이 즐기는 주말의 낮이나, 키니의 털이 예쁜 색으로 물드는 일몰 시각의 산책은 우리를 행복하게 만들어 주고는 한다.

　사실 반려견을 키우기 전에는 산책할 때 개가 내 걸음의 속도에 맞춰서 걸어줄 거라 생각했다. 개들에게는 먹고 마시는 것만큼이나 중요한 게 산책이라고 하는데, 배고프면 밥을 먹고, 목이 마르면 물을 마시는 것처럼 산책도 먹고 마시는 일처럼, 스스로 알아서 할 것이라고, 그런 말도 안 되는 생각을 했었다. 자신의 가슴과 배를 교차하는 성가신 줄을 매는 것을 당연히 이해하고, 알 수 없는 소음으로 가득한 밖으로 나가도 주인과 함께한다는 사실만으로 행복해할 것을 기대한 건 아주 커다란 착각이었다. 마치 5살 어린아이가 직접 차를 운전해서 유치원에 가서 친구들과 사이좋게 놀고 돌아오길 바라는 것만큼 터무니없는 생각이지만, 그때는 그렇게 생각했었다.

개는 생후 몇 개월만 지나도 주변 환경에 두려움을 갖게 된다고 한다. 키니가 낯선 환경에 겁을 먹을 건 분명했지만, 집안에서만 살 수도 없다. 낯설고 무섭겠지만 사람들과 함께 살아야 한다. 그러니 부디 잘 적응해주기를 바라는 마음과 함께 첫 산책을 나갈 준비를 했다.

"키니야. 우리 산책하러 가자."
"끙끙…"

문 앞으로 나왔을 뿐인데 키니는 겁먹은 목소리로 울었다. 내 다리 사이로 숨고 깡충깡충 뛰며 안전한 집으로 돌아가자 성화였다.

"괜찮아. 천천히 해보자."

몸에 줄이 닿는 게 익숙해지도록 리본 끈을 가볍게 두르는 것부터 시작했다. 외부에 대한 경계를 낮추기 위해 문 앞 복도부터 시작해 집 앞, 가까운 놀이터, 좀 더 먼 공원까지 천천히 거리를 늘렸다. 함께 걷는 것이 즐거운 활동이라는 것을 알려주기 위해 곳곳의 풀과 흙냄새를 맡게 하고 종종 간식과 칭찬의 말도 건넸다. 몇 주를 그러고 나니 가기 싫다고 우는 대신 킁킁대며 냄새를 맡기 시작했다.

이제 키니는 산책이라는 단어만 나와도 신나서 빙글빙글 돈다. 지금은 하루에 두 번 산책하러 나가는데, 내가 출근하기 전 아침에 짧은 산책을 하고 퇴근 후에는 이보다 좀 더 긴 산책을 한다. 나도 집 안에만 있으면 답답한데, 활동량이 더 많은 키니는 나를 기다리며 오죽 심심했을까. 기꺼이 내 곁에 누우며 여유를 즐길 줄 아는 개. 냄새를 맡게 해주는 것만으로도 쌓였던 스트레스가 풀린다니, 감사하며 나갈 일이다.

혹시 반려견을 가족으로 맞으려는 분들에게 당부의 말을 건네고 싶다. 어린 개에게 산책은 낯선 곳으로의 모험이고, 그 모험의 인도자는 반려견의 보호자가 되어야 한다고 말이다.

사슴 믹스 키니

네가 어떤 모습이든,
나는 너를 사랑할 준비가 되어있어.

(5~6개월 때의 키니)

그래도 귀여워

일명
민들레 시절

귀엽기 그지없는 키니에게도
외모 흑역사가 있다.

눈 따로

코 따로

이때의 키니는 왠지
이목구비가 흩어져 있는 느낌이었고

귀가 바짝 서 있어서
사슴에 더 가까운 외향이었다.

크면서 다리만 길어져서
진짜 의심함

사슴으로
자라려나

그래도 좋아.

"키니는 아마.. 푸들이 아닐 수도 있어."

열심히 먹고 자며 지낸 5개월. 키니는 여느 푸들 친구들과는 좀 다른 생김새로 자랐다. 털이 왜 저렇게 부스스하고 성긴지.

대학 때 동기 언니 한 명이 자취방에서 키우던 다람쥐 두 마리가 생각났다. 손톱보다 작은 코를 킁킁대던 다람쥐들은 각자 반대의 계절인 여름과 겨울에 입양됐는데, 여름에 데려와 키운 다람쥐의 꼬리 모량이(털의 양) 겨울에 데려온 아이보다 훨씬 적다고 했다. 키니가 추워할까 봐 겨우내 등에 땀이 삘삘 날 만큼 보일러를 틀었더니 키니도 동기 언니의 다람쥐처럼 더운 방 때문에 털이 성기게 난 걸까?

"아마 그럴 수도.. 그런데 귀는 왜 빳빳이 서 있는 거야?"

언니와 내 목소리에 팔락거리며 반응하는 키니의 귀는 위로 빳빳이 서 있었다. 까만 눈과 바짝 선 귀, 길쭉한 팔다리가 푸들 보다는 사슴을 닮았다.

푸들이 아니면 뭐 어때. 저렇게 귀여운데!

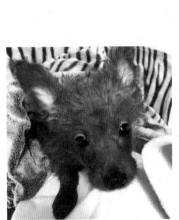

너와 함께하는 일상

내 다정하고 사랑스러운 갈색 개.

엉덩이 사랑

나와 어느 한 부분은 닿아 있어야 안심하는 키니,
어디서든 복슬한 엉덩이를 붙여온다.

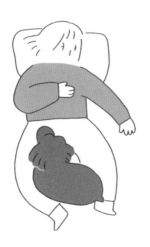

나는야 궁둥요정

후후

어떤 자세건 공간만 있다면
궁둥이를 붙이지!

키니는 줄곧 나를 따라다닌다. 그것도 상상 이상으로.

화장실 갈 때만큼은 내버려 둘 법도 한데, 저번에 물기 많은 타일 바닥에 미끄러져 넘어질 뻔한 내가 영 미심쩍은 모양이다. 문 앞까지 따라와 조금 열린 틈새에 앞발을 끼워 넣으며 활짝 열어 달라 보챈다. 이미 일을 보기 시작한 나는 키니의 야무진 손속에 진짜로 문이 열릴까 봐 다급히 타이른다.

"응~ 누나 금방 나갈게. 잠깐만~"

그러면 흥, 하고 불만족스러운 콧김을 내뿜는 키니. 문 사이로 자리를 잡고 앉은 듬직한 갈색 엉덩이가 보인다.

세탁기에서 빨래를 꺼낼 때도, 옷가지를 정리하러 작은 방에 들어갈 때도 키니는 종종거리며 나를 쫓아다닌다. 좌식 탁자에 앉으면 키니가 내 다리나 팔을 툭툭 치는데, 자기를 무릎 위에 올리라는 신호다. 팔꿈치를 들어 적당한 공간을 만들어 주면 익숙하게 얼굴을 들이밀고 두어 번 돌다가 엉덩이를 풀썩 내려 주저앉는다.

품에 쏙 안긴 키니의 체온이 따뜻하고 평화롭다. 강아지가 엉덩이를 들이대는 건 좋아하는 대상에게 애정을 표현하는 방법이라고 하는데, 이 감동적인 사랑의 표현 방법을 생각하면 6kg의 무게에 눌린 다리가 저릿해져도 버틸 만하다. '내가 좋다잖아!' 오른쪽 다리와 왼쪽 다리가 구별이 되지 않을 만큼 저려올 때까지 견디다 결국, 비켜달라는 뜻을 담은 조심스러운 손길로 키니의 엉덩이를 톡톡 두드린다. 화들짝 몸을 세운 키니가 무릎 밖으로 뛰어나가 푸드득 하며 몸을 턴다.

코를 날름거리며 돌아보는 눈길이 '깜짝 놀랐잖아.'라고 말하는 것 같다. '너랑 같이 있는 건 좋아. 근데 다리가 저려서 그래.'라는 마음을 전할 마땅한 방법이 없어 방석을 옆으로 끌어다 팡팡 치는 것으로 대신한다. 눈치 빠른 푸들은 냉큼 방석 위로 올라와 자리를 잡는다. 흥, 하고 콧김을 뿜어도 엉덩이는 여전히 나에게 붙인 채다.

엉덩이 사랑을 실천하는 키니가 우리 집에서 제일 오래 붙어 있는, '엉덩력'이 높은 장소는 바로 침대.

자려고 누우면 키니는 꼭 가랑이 사이에 몸을 구겨 넣어 눕는다. 잠결에 뒤척이는 키니가 혹시 발에 차일까 봐 꼼짝도 못 하고 천장만 바라보며 잠이 든다. 얼마 전 친구 집에서 하룻밤 잔적이 있는데 이런 내 모습을 보고 어떻게 너는 뒤척임 한번 없이 정자세로 자냐고 묻더라. 비결은 바로 키니의 엉덩이지.

육아 초보자 (29세, 미혼)

종일 붙어 키니의 안위를 살피니,
꼭 말로 하지 않아도 행동이 읽힌다.

내 귀에 아기가 우는 소리는
다 똑같이 들리는데

신기하게도, 엄마는 우는 이유를
정확히 짚어낸다.

키우다 보면
알게 돼

나는 잘 모르겠어

아이를 키울 생각이 없는 내가
울음소리를 구분할 일은 없으리라 생각했는데

키니를 키우고 난 뒤

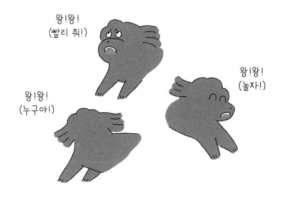

울음소리가 구분이 간다.

끄으으으으응ㅇ응ㅇ...

재촉하는 울음소리도 있다.
개가 사람에게 떼쓴다는 것도 몰랐다.

알았어~

해줄게~

(이미 늦음)

'버릇 나빠지면 안 되는데'
고민하는 육아 4년 차의 마음.

"아유, 여자가 나이 차면 결혼을 해야지. 오래 혼자 있으면 부모님 걱정만 시키고, 아이 낳을 생각까지 하면 더 서둘러야 해."

소위 결혼적령기라고 평가받는 나이고, 대화를 여는 주제로 결혼이 1순위에 꼽히지만 나는 아직 결혼을 진지하게 생각해본 적이 없다. 걱정 반 오지랖 반 섞인 타박이 좀 성가시긴 해도 '내 인생은 내가 선택한다.'라는 마음이 확고하니 딱히 화도 나지 않는다. 다만 진지하게 대답하면 잔소리가 길어지니 넉살로 적당히 넘겨본다.

"결혼은 뭐, 혼자 하나요. 하하."

그러나 내 대답에 옆 동네 총각 하나 소개해준다는 말이 돌아오면 그때는 서둘러 도망가야 한다.

결혼을 하기 싫다는 건 아니다. 오히려 평생을 약속할 만큼 마음이 맞는 사람과 가정을 꾸린다는 건 정말 멋진 일이라고 생각한다. 다만 시간에 쫓겨 결정할 만큼 필수적인 선택은 아니며,

내 인생을 소중히 여기기 위해 나름대로 신중하게 접근할 뿐이다. 하물며 아이라니! 난 아직 아이를 키울 여력도 없었고, 그보다 결혼도 생각하지 않는 나에게 아이를 낳고 기르는 건 논외의 문제라고 생각했다. 결혼이나 아이보다는 내 삶을 지금 내가 원하는 바대로 살고 싶었다. 개를 키우면서 내가 원하는 평온하고 안락한 내 삶을 사는 게 지금의 나에게는 더 중요하다. 털을 쓰다듬고, 천천히 산책하고, 마주 본 눈빛으로 교감하고….

그런데 키니를 데려오고 마주한 현실은 바로, 연애도 결혼도 건너뛴 생생한 육아 현장이었다. 아무런 마음의 준비도 하지 않았는데 바로 육아라니!

"끄으으응.."
"으응. 알았어. 잠시만."

빨리 손에 든 간식을 내놓으라는 키니의 울음소리다. 내 눈을 똑바로 바라보며 왕! 짖는 모습에 저절로 키니를 달래는 말과 목소리가 나온다. 개가 사람에게 떼를 쓴다는 것도 키니를 키우고서야 알았다. 사람과 똑같이 오냐오냐 얼러대고 키우면 버릇이 나빠진다고 한다. 단호한 태도가 필요하다고는 하는데.. 그런데 어쩌나. 저 귀여운 갈색 코를 보면 흐물흐물 다정한 대답이 나올 수 밖에. 마음을 모질게 먹고 등을 돌리자 키니는 힘없이 걸음을 돌려 침대에 툭 앉는다. 몸을 말고 나를 빤히 바라보는 둥근 눈. 아 정말, 너무 안쓰럽잖아!

결국, 얼마 못 가 키니에게 장난을 걸거나 간식을 가지러 냉장고로 간다. 그새 신나서 뒤따르는 키니의 꼬리가 휭휭 흔들린다. 버릇 나빠지면 안 되는데.. 만약에 결혼을 하고 아이를 낳더라도 난 육아는 영 그른 것 같다.

목욕 견디기

간식 공세를 하며 물을 끼얹었었더니
목욕을 싫어하는 건 아니지만,
그렇다고 썩 좋아하는 눈치도 아니다.

(앙상)

목욕을 잘 ~~했~~ 키니.
견디는

끄으응...

끄으으으으응...

그런데 수건으로 닦을 차례만 오면
더는 못 참겠다는 듯

끼
이
이

알았어　　(나가고싶다~~~~~)

탈탈탈

풍

우다다다다다다다

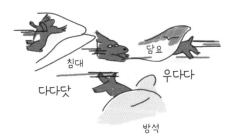

참을만큼 참은 키니의
~분노 우다다 타임~

이제 물청소 하면 되겠다...

나는 개 냄새를 좋아한다. 마음을 태평하게 만들어주는, 부드러운 개의 냄새. 그래서 가끔 난 키니의 등에 코를 박고 숨을 크게 들이마시기도 한다. 키니의 겨울옷이나 방석을 세탁하는 날에는 괜히 아쉬운 마음이 들 정도다. 키니가 온몸에 수상쩍은 흙을 묻히고 와도 흔쾌히 함께 잘 수 있으면 좋으련만, 인간인 나는 (키니의 기준에서)깔끔을 떨며 3주에 한 번은 키니를 욕실로 들여보낸다.

키니가 목욕을 싫어하지 않도록 욕실 바닥에 간식을 뿌리고, 물을 끼얹고 샴푸를 하는 와중에도 간식을 주며 칭찬을 했다.

"아이 예쁘다~"
"물 따뜻하지? 우리 키니 착하네~"

간식도 주고, 칭찬도 받으니 일단 좋긴 한데. 온몸이 축축하게 젖는 데다가 정체 모를 거품을 뒤집어써야 하는 키니는 성가신 낯으로 내 손을 피해 주춤주춤 세면대 밑으로 숨는다. 가볍게 달래며 다시 욕실 중앙으로 끌어오지만 빨리 밖으로 나가고 싶어 하는 눈치다.

"키니야, 이쪽 발."
"…"

싫은 티를 내면서도 왼쪽 앞발, 오른쪽 앞발, 오른쪽 뒷발, 왼쪽 뒷발을 번갈아 착착 내주는 키니. 기특한 마음에 키니가 털어내는 물벼락 정도는 겸허히 맞아준다. 눈에 거품이 들어가지 않도록 엄지로 살살 얼굴을 쓸어내리면 평소보다 곱절은 서러워 보이는 눈망울이 귀엽기만 하다.

거품 방울이 보이지 않으면 키니의 배와 가슴을 대각선으로 받쳐 들고 물이 뚝뚝 떨어지는 털을 연신 짜낸다.

"끄으으으응…"
"알았어. 거의 다 했어."

커다란 목욕 수건으로 머리, 몸, 다리와 발가락 사이까지 살

샅이 잘 닦은 후 욕실 밖으로 내보내면 키니의 질주가 시작된다. 우리에게는 향긋하지만 키니에겐 이상할 뿐인 샴푸 향. 자신의 냄새가 가장 많이 묻어있는 침대 이불에 머리를 비비며 씩씩댄다. 담요와 방석, 벗어둔 우리 잠옷에까지 털을 비비고 나서야 분한 마음을 가라앉힌 키니가 고개를 든다. 물기가 마른 키니의 곱슬머리가 뽀송뽀송하다.

목욕 시간은 아직 끝난 게 아니다. 이제 키니가 털어낸 물을 닦고 어질러진 방을 정돈해야 할 차례. 반려동물이 있는 집은 대청소와 목욕이 한 세트일 수밖에 없다.

하염없이 마음을 끄는, 개

개는 사람의 마음에 들어와
식지 않을 온기로 나를 껴안는다.

초등학생 때, 아기 백구 한 마리와
잠깐 지낸 적이 있다.

부모님 지인이 키우시던 백구의 새끼 강아지였는데
친척 집으로 보내기 전 일주일 정도를 돌보았다.

다녀오겠습니다!

외출하는 온 가족 대신
엄마가 백구를 도맡게 되었는데,

백구는 밤낮없이 보채며
엄마의 잠을 방해하는 걸로도 모자라

자꾸 이불에다 쉬를 해서
'저러다 미움을 받겠구나' 싶었으나

일주일 후, 백구가 떠나던 날.

얘 눈이 참 맑아.
갓난아기처럼.

엄마는 백구를 미워하기는 커녕 소중하게 안아 들어
한참을 따뜻한 눈빛으로 들여다보았다.

복슬한 털?
촉촉한 코?
따뜻한 체온?

개는 도대체 무슨 방법으로
사람의 마음에 들어오는 걸까?

엄마는 백구를 안고 밤을 새는 동안
하얗고 부슬거리는 백구와
무슨 마음을 나누었을까?

초등학생 때 학교가 끝나고 집으로 오니 웬 아기 백구 한 마리가 있었다. 먼지가 좀 묻긴 했으나 하얀 털에 순하게 처진 까만 눈. 누가 봐도 귀여운 모습에 '꺅!' 환호성을 질렀다.

"아빠 지인분이 키우는 백구가 낳았대. 다섯 마리. 얘는 화순 고모 댁으로 보내기 전에 일주일만 맡아주기로 했어."
"진짜 귀엽다! 그냥 우리가 키우면 안 돼?"

우리 집에 개가 있다니! 사실 백구를 돌봐야 하는 사람은 아빠도, 언니도 나도 아닌 엄마였지만 나는 눈앞의 꼬물거리는 어린 백구의 귀여움에 흥분해서 말도 안 되는 떼를 썼다. 엄마는 백구가 내 담황색 곰 인형보다 다섯 배는 더 커질 것이고, 그러면 집 안에서 키우기 어려울 거라고 말했다.

"낑…. 낑낑.."

밤낮없이 보채는 울음소리로 일주일 내내 엄마의 잠을 방해하는 것으로도 모자라 이불이나 거실 바닥에 제멋대로 배변을 해서 '저러다 백구가 미움받는 거 아니야?' 싶었다.

백구가 떠나던 날, 시무룩한 얼굴로 앉아있는 나에게 엄마는 백구를 깨끗이 씻겨 배웅하자며 나를 달랬다. 수건에 싸인 백구는 불편한 듯 끙끙댔지만, 따뜻한 바람과 함께 조심조심 쓰다듬는 손길에 곧 얌전해졌다.

"은영아." 백구의 털을 말리던 엄마가 갑자기 나를 불렀다.
"응?"
"애 눈 좀 봐. 초롱초롱.. 안겨있는 것도 아기 같고….."

그렇게 말한 엄마는 백구의 까만 눈을 한참이나 들여다보았다. 엄마는 백구를 보내는 게 아쉽지 않을 줄 알았는데.. 눈을 떼지 못하는 엄마의 옆얼굴에서 진득한 아쉬움이 보였다.

개는 도대체 무슨 방법으로 사람의 마음에 들어오는 걸까? 복슬복슬한 털? 촉촉한 코? 안고 있으면 편안해지는 따뜻한 체온? 엄마는 밤을 새우는 동안 하얗고 부슬거리는 백구와 무슨 마음을 나누었을까. 이불에 쉬를 해도, 밤새 울어도 하염없이 마음을 끄는 개. 백구를 소중히 안아 들던 엄마의 모습이 선명하다.

　엄마는 그때 백구를 바라보던 것처럼 키니의 눈을 마주 보곤 하신다. '키니는 뭘 하고 있냐?', '누나들 기다리며 울지는 않더냐?'라며 키니의 안부도 살뜰히 챙기신다. 그럴 때마다 내 대답은 간식을 먹고 있다는 둥, 조금 심심해 보인다는 둥, 언제나 비슷한 대답을 건네지만, 엄마에게는 내 대답이 키니의 특식을 준비할 이유가 되는 듯하다. 아니 키니에게 특식을 주고 싶어 일부러 그렇게 물으셨는지도 모르겠다.

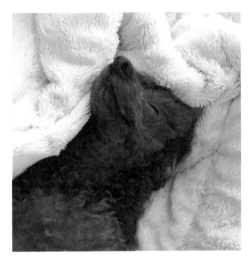

이거랑 그거랑 교환하자

방석에서 빼낸 솜 한 조각에
고구마 한 조각을 바꿔줘야 한다니.
완전 손해 보는 장사다.
심지어 방석은 대형견 사이즈인데..
고구마 열 박스는 갖다 바쳐야 할 판이다.

키니는 꼭 머리끈이나
양말 한 짝 같은 것을 물고 와서는

엇

이것을 보아라

간식과 바꿔주기를 요구한다.

간식과 교환하기 전까지 절대 돌려주지 않는

단호한 강냉이.

키니는 비닐 조각, 건조대에 널어둔 양말이나 인형 솜 따위를 물고 온다. 제 몸보다 커다란 건조대가 무서워 꼬리를 말면서도 포기하지 않고 양말을 살살 끌어내리는 뒷모습을 보면 왜 저러나 싶다.

친구 삼아 놀라고 주는 인형은 10분이면 작별 인사를 해야 한다. 아무리 튼튼한 인형을 던져주어도 기어이 실을 끊어내고 솜을 끄집어낸다. 사냥감의 약점을 찾아내는 개의 야성이 평화로운 투 룸 빌라에서는 인형 박음질의 가장 약한 이음새를 찾는 것으로 발현되는 걸까? 기어이 박살 낸 인형의 틈에서 잔뜩 뽑아낸 전리품(솜뭉치)을 물고 내 앞에서 어슬렁댄다. 테이블을 사이에 두고 시선이 마주치면 키니는 눈을 반짝 빛내며 꼬리를 흔든다. 간식과 교환하자는 신호다.

굴러다니는 솜과 고구마를 맞바꿔야 한다니. 어쩌다 이 불공정한 협상 테이블이 생겼냐 하면, 키니가 솜을 꿀꺽 삼켜버릴까 봐 간식을 흔들어 뱉어내게 한 것이 발단이었다. 양말 하나를 통째로 삼키는 바람에 개복수술을 했다는 개가 생각나 빨리 뱉으라고 호들갑을 떨었는데, 허둥지둥하는 내 모습이 재밌었던 모양이다. 그다음 번에도 솜을 꿀꺽 삼킬 기세로 쩝쩝대고 있길 래 저러다 큰일 나겠다 싶어 또 간식을 흔들었다. 나를 놀려먹 는 게 분명한 저 꼬리를 보아하니 내 행동은 확실히 좋은 방법 이 아니었다.

"개는 보호자의 관심을 끌기 위해 문제 행동을 반복할 수도 있습니다. 만약에 보호자가 관심을 보이지 않을 때도 문제 행동 을 지속한다면 교육이 필요하지만, 바로 행동을 멈춘다면 보호 자의 반응을 즐거워하는 것이니 관심을 주지 않으면 돼요."

강아지 교육의 대표 프로그램, '세상에 나쁜 개는 없다'의 애 청자로서 가르침에 충실히 시큰둥한 표정을 연기했다. 키니는 내 반응에 재미가 없어졌는지 곧 솜을 뱉어냈다.

'됐다! 진짜 신기하네.' 아, 이때 끝까지 관심이 없는 척해야 했었다. 후다닥 뒤돌아서 키니가 뱉어낸 솜을 낚아챘더니 키니 가 내 행동이 연기였다는 걸 깨달았다. 그 후로는 솜을 입에 물

고 이전보다 더 길게 버티는 게 아닌가. 그러다 내가 조금 움직
일라치면 날쌔게 피하며 솜을 고쳐 물었다.

"망했다."
　한 번쯤은 모른 척 속아줄 만도 한데, 왜 이렇게 눈치가 빠른
거야?

무한 숨바꼭질

개와 숨바꼭질을 하다니.
생각보다 열 배는 더 즐겁다.

저 뒤에 있는 거 다 알아.

숨으면 내가 쫓아갈 줄 알고?

...근데 왜 안 나오지?
몸이 안 좋나? 기분이 별로인가?

무슨 일이 났구나!

까~꿍~

쟤 또 숨었네.

이번엔 절대 안 속아.

...근데 왜 안 나오지?

언니와 함께 키니랑 산책을 할 때면 꼭 하는 놀이가 있다. 바로 숨바꼭질. 오프리쉬(목줄 없이)가 가능한 곳이라면 더 신나게 놀 수 있다. 각자 떨어진 먼 곳에 서서 번갈아 키니를 부르면, 키니는 공원 끝에서 끝까지 신나게 속도를 내며 달린다. 그러다 한 명이 나무나 바위 뒤에 숨으면 숨바꼭질 시작이다.

"키니, 누나 어디 갔어?"
"헥헥"

'누나', '~갔어?' 이런 익숙한 악센트에 키니는 귀를 젖히고 냉큼 발을 굴린다. 갈피를 못 잡고 엉뚱한 방향으로 달려가면 숨은 쪽에서 소리를 내 힌트를 준다.

"키니! 누나 여기 있네!"

그럼 다시 곧바로 나에게 향해 달려오는 키니.
신이 나 길게 뺀 혓바닥을 보니 내가 더 즐겁다.

집 안에서 하는 숨바꼭질도 아주 재미있다. 언니가 주의를 돌린 사이 내가 커튼 뒤나 방문 뒤에 숨는데, 당장 눈앞에 보이지 않으니 이리저리 헤맨다. 개라면 100M 거리에서도 냄새로 찾을 수 있을 것 같은데, 우리 키니는 그렇지도 않나 보다.

아무래도 한정된 공간이고, 우리 집 인테리어는 미니멀의 표본이라 숨을 곳도 마땅치 않다 보니 실외보다는 재미가 덜하다. 키니는 숨은 자리를 기억해 금세 찾고는 머쓱해 하는 나에게 '찾았으니 간식을 달라'는 듯 빤히 쳐다본다. 방이 궁전만큼 넓다면 좀 신나겠니?

언제나 내 뒤꽁무니를 따라다니는 키니지만 아주 가끔은 자리를 지키고 앉아있을 때도 있다. 얌전한 모습에 괜히 장난을 걸고 싶어 문 옆으로 살짝 숨는다. 귀찮게 하고 싶지는 않지만, '자각자각' 하는 키니의 경쾌한 발톱 소리가 따라오지 않으니 어쩐지 허전하다. 내가 과장된 몸짓으로 사라지면 방석에 앉아 있던 키니는 내 기척을 살피다 후다닥 달려 나온다. 낄낄대는 내 모습을 확인한 키니가 도로 앉으면, 나는 또 문 뒤로 숨는다.

그리고 또다시 달려 나오는 키니. 세 번째가 되면 이제는 속지 않으리라 다짐했는지 좀 길게 자리를 지키지만, 결국 나를 확인하러 뛰어나온다. 착한 내 강아지.

어릴 때 하던 숨바꼭질은 최대한 몸을 꼭꼭 숨기기 바빴는데, 이상하게도 키니랑 하는 숨바꼭질은 자꾸 다리 하나, 팔 하나를 내밀어 힌트를 주게 된다. 내가 눈에 보이지 않는 것을 너무 불안해하지 않도록. 반가운 냄새를 잘 찾아올 수 있도록.

공이 제일 좋아

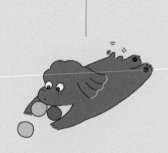

키니는 간식보다 더 공을 좋아한다.
혹시 나보다도?

놔야 던져주지...

내꼬야

키니는 한 개의 공으로만 놀아주면
놓을 생각을 안 해서

놔!

②던져 준다.

①공을 놓으면

번갈아 던질 공 두 개는
산책 필수 아이템이다.

한참을 놀다 보면,

앗 실수

*공 안났는데 던짐

아싸

키니가 공 두개를
모두 차지하는 순간이 있는데

승리의 표정

헥헥

그때는 공들을 품 안에 끼고
주저앉는다.

친구들한테
간식 다 준다?

(소중)

이 때는 간식에도 관심없는 키니.

키니는 공을 참 좋아한다. 공의 삑삑거리는 소리, 퉁퉁 튀어 오르는 모양, 달리면서 느끼는 즐거움, 물고 돌아올 때 받았던 칭찬. 이런 이유로 공은 키니의 장난감 선호도 종합 1위를 차지하고 있다.

처음엔 물고 있던 공을 가져가도 쉽게 돌려주었는데, 내가 공을 받은 그대로 선반에 넣었더니 그때부터 다른 공을 보여주지 않으면 절대 돌려주지 않았다.

"키니야! 공 여기 있어. 놔!"

".."

"물고 있는 공을 놔야 던져 주지! 놔!"

".."

공을 돌려받은 뒤에도 계속 놀이가 이어져야 신뢰가 쌓인다는 교육 영상을 보고 아차 싶었지만, 너무 늦어버렸다. 사랑해 마지않는 공을 빼앗아가는 나에게 키니의 불신은 이미 커질 대로 커진 뒤였다. 아무리 신나는 목소리 톤을 연기해도 반드시 알아채고 절대 공을 돌려주지 않았다. 아니, 내가 연기를 못하는 건가?

이불 사이에 숨긴 공을 찾는 것도 키니가 아주 좋아하는 놀이다. 공을 찾아 쿵쿵대며 이불을 이리저리 긁는 발이 아주 신났다. 터그놀이는 가끔 안 할 때도 있는데, 공놀이는 매번 꼬리를 흔들며 즐거워한다.

"이제 그만~ 내일 또 하자!"

공이 보이면 빨리 내놓으라 짖기 때문에, 보이지 않도록 서랍 안에 잘 숨긴다. 그러면 키니는 그 앞에 앉아 공이 있을 법한 위치와 나를 번갈아 쳐다본다. 빨리 꺼내라는 몸짓. 내가 모른 척 다른 일을 시작하면 곧 포기하지만, 간간이 서랍 근처를 어슬렁거리기도 한다. 한번은 책장 위에 공을 숨겨두었던 적이 있는데 그걸 기억하는지 몸을 일으켜 책장 위를 확인하기도 한다. 두 발로 일어나 두리번거리는 뒤태를 보고는 쟤가 혹시 사람이 아닐까 하는 의심을 하기도 했다.

공원에 산책하러 나가면 어미 닭이 병아리를 품듯 공을 끌어
안고 앉아있다. 내가 다가가면 공을 빼앗길까 경계하며 몸을 조
금 굳히는데, 억지로 빼앗다가 더 오래 물고 있을 것 같아 멀찍
이 자리를 잡는다. 키니는 공을 꼭 물어뜯으며 노는데, 야금야
금 뜯겨나간 형광색 공 조각이 잔디 위에 애처로이 뿌려져 있는
걸 발견하곤 한다.

'삼키지만 마라!' 운 좋게 반 정도 박살 난 공을 돌려받아도
다음날 나머지 반이 박살 나겠지만, 그리고 계속해서 새 공이
필요하겠지만, 즐거워하는 키니가 보고 싶어 기꺼이 공을 꺼낸
다. 내일도 신나는 공놀이 하자, 키니!

똑똑한 푸들 키니

간식을 얻기 위해
오늘도 열심히 꾀를 내는 키니.

흐음…

간식을 더 먹고싶은 키니.

키니의 빅 데이터
풀 가동!

쉬를 나눠 싼다!

하하 간식
두 개짜리다 인간

꾀를 부리는 키니.

(간식 하나를 두 개로 나눈다)

비록 다른 개를 키워보지 않았지만, 그리고 팔은 안으로 굽는다지만 푸들이 견종 중 두 번째로 지능이 높다고 할 만큼 총명하다는 데 전적으로 동의한다. 키니가 새로운 재주를 익히기 위해 필요한 것은 1시간도 채 되지 않는 시간과 간식 한 줌만 있으면 충분하다.

"코!"라고 외치며 엄지와 검지를 동그랗게 붙이면 손가락 사이로 길쭉한 콧대를 집어넣고, 동그랗게 말았던 손가락을 곧게 펴며 "브이!"라고 외치면 키니는 조그마한 턱을 올차게 얹는다. 언니와 내가 손을 포개 쌓고 "파이팅!"이라고 외치면 키니도 앞발 하나를 겹쳐 올리며 꼬리를 흔들었다.

이 똑똑한 머리로 애교만 부리는 건 아니다. 꾀를 내어 나를 놀려먹기도 좋아하고, 좀 더 많은 간식을 받아내려 칭찬받는 행동을 반복하기도 한다. 놀고 싶으면 내 팔과 다리를 긁고 끙끙대는 소리를 내는데, 귀여운 투정에 못 이겨 공놀이며 터그놀이, 노즈워크를 번갈아 해주었더니 지칠 줄 모르고 조른다. 적당히 무시하고 넘기려 했지만 동그랗고 까만 눈을 보면 어쩔 수 없이 마음이 약해져 놀이에 응하고 만다. 365전 0승 365패의 기록을 달성 중이다.

집요하고 진득하게 조르는데 도가 튼 키니는 아주 가련한 눈빛을 하고 앉아 끙끙거린다. 인간의 빛나는 이성은 개의 애교 앞에서는 한낱 발버둥일 뿐. 결국 키니가 좋아하는 인형을 흔들고 만다. 당연한 결과로, 그 이후 키니가 투정 부리는 시간은 배로 늘어난다. '아무렴 어때. 키니랑 놀면 좋지 뭐.' 전국의 반려 가정 중 내 교육열이 제일 낮을 게 틀림없다.

키니는 패드 위에 쉬를 하면 보상 간식을 얻는데, 처음엔 꼬박꼬박 쉬를 한 후 나에게 오더니 좀 지나자 쉬를 하는 척 허리를 내리는 꾀를 부렸다. 가끔은 패드에 발만 올리며 내 눈을 속이려 하기도 했다. 심지어 요새는 거실에 쓱 나갔다 들어오기만 한다. 이건 좀 너무한 거 아닌가? 아무리 내가 만만한 인간이어도 그렇지, 눈이 없는 건 아닌데.

"너 쉬 한 척하지 마. 저건 아까 한 거잖아!"

만만한 인간이 속지 않자 키니는 작전을 바꾸었다. 물을 많이 마시고, 쉬를 아주 조금씩 나누어 보기 시작한 거다! 새끼손톱만 한 크기더라도 패드 위에 증거가 노랗게 찍혀있으니 말이다. 그렇게 내 영악한 푸들은 당당하게 걸어와 꼬리를 흔든다. 간식을 내놓으라는 이 녀석의 얼굴이 뻔뻔하고 귀엽다.

"나누어서 쉬를 했으니, 간식도 반으로 나눠서 줄 거야."

평소보다 작게 자른 간식인지도 모르고 맛있게 받아먹는 키니. 다행히 아직까지는 내가 더 똑똑하다. 아마도?

내 코는 정확하다고

개의 후각은 사람보다 50배는 뛰어나다고 하는데,
키니의 귀여움에 잠시 그 능력을 간과했다.

아무 것도 없다니까...

앗 있네

"왕! 왕!"

"쉿. 왜 갑자기 짖을까?"

"왕! 왕!"

"왜 그래? 네 장난감 다 꺼내 줬잖아."

느닷없이 이불을 보며 짖는 키니. 사이에 묻힌 장난감을 하나 하나 꺼내며 눈앞에 확인 시켜 줘도 내미는 인형마다 이게 아니라는 듯 고개를 돌린다. 그냥 관심을 받고 싶었나? 이제 더 없다는 뜻으로 양 손바닥을 펴 보이자 킁킁, 냄새를 맡은 키니가 다시 짖는다.

"왕! 왕!"

"이제 없어!"

귀청을 울리는 우렁찬 짖음 소리에 불평하듯 목소리를 높이자 끄으응 하며 목울음 소리를 내더니 뒷발톱으로 목을 팍팍 긁는다. 왜 짜증을 내는 건지..

다시 이불을 들치어 샅샅이 훑어도 장난감은 없었다. 코를 길게 빼고 내 행동을 지켜보던 키니는 걸음을 돌려 쌓여있는 장난감 중 하나를 가져와 장난을 건다. 터그놀이를 시작하자 키니의 관심은 금세 옮겨졌다.

'뭐야. 심심한 거였네?' 어리광쟁이라며 속으로 핀잔을 준 그날 저녁, 잠자리를 정리하려 베개를 들었더니 키니가 낮에 애타게 찾던 물건이 침대 틈에 끼어있었다. 키니가 심심할 적마다 물고 뜯는 우유 껌 조각! 세상에, 키니는 두꺼운 베개 밑에 깔린 작은 조각을 용케 발견하고 꺼내 달라 짖었던 거였다.

'우리랑 숨바꼭질할 때는 코가 장식인 줄 알았는데.' 먹을 것 한정으로 개 코의 위력을 십분 발휘하는 키니. 오전부터 개껌 조각을 기억하고 있었을 키니에게 우유 껌을 건네주자 바로 이거라는 듯 꼬리를 신나게 흔들며 덥석 물어간다. 짖는다고 괜히 타박을 주었나 하는 마음에 키니에게 미안해졌다.

그 후로 키니가 아무것도 없어 보이는 곳에 대고 짖으면, 언니와 내가 2인 1조 수색대가 되어 근처를 열심히 뒤진다. '아무 것도 없는데...?'라는 생각이 들 때쯤 조금만 더 참고 탐색하면, 키니가 언젠가 숨겨둔 개껌 조각이 꼭 하나씩 굴러 나온다.

우리 강아지, 코도 참 건강하다. 공연히 짖는다며 잔소리하던 자 누구인가. 겸연쩍은 마음에 정확한 위치를 찾아 짖는 모습이 흡사 수색견을 닮았다고 호들갑을 좀 떨어본다. 이 경우엔 숨기는 것도, 찾는 것도 키니이긴 하지만 말이다.

고구마 계절

키니와 이불을 함께 덮고 누워있으면
춥기만 한 겨울도 꽤 버틸만하다.

키니도 먹을 수 있는
고구마나 계란을 삶을 때마다

이 냄새 완전
내 음식이잖아?

아주 당당하게 자신의 몫을
요구하는 키니.

그거 나 나

내 몸을 긁는다.

안 주면 더 적극적으로 표현함

아까 줬잖아!
내거야 ㅠㅠ

쿵쿵쿵쿵

나는 여름과 겨울 중에 고르라면 망설임 없이 여름을 선택한다. 일조량이 모자라서인지, 겨울은 영 의욕이 나질 않는다. 한 톨의 온기라도 지키기 위해 움츠리는 자세부터가 별로다.

겨울을 버티기 위해 몇 가지 낭만을 만들긴 했다. 눈 내린 날의 고요함, 따뜻한 실내에서 도란도란 나누는 대화, 진하고 달콤한 핫초콜릿. 그러나 뺨을 찢을 듯이 불어대는 한겨울의 바람과 뼛골이 시리게 추운 영하의 온도 앞에서는 머리가 새하얗게 변해버리고, 낭만적인 마음도 바짝 얼어버린다. 키니도 아마 겨울보다 여름을 더 좋아할 거다. 답답한 옷을 입지 않아도 되고, 발도 시리지 않고, 해가 아주 길어서 오후 7시 넘어 산책하러 나가도 주황빛 노을이 잔디 끝에 걸려있으니까.

겨울을 긍정적으로 맞이하기 위해 위안으로 삼은 나의 초콜릿처럼, 키니에게도 겨울 낭만이 있다. 바로 주방에서 날마다 삶아지는 보슬보슬하고 달콤한 밤고구마다.

평소에 나는 밥을 짓고 반찬을 차리기가 귀찮아 빵과 샌드위치를 주식으로 한다. 봄에서 가을까지 밀가루와 설탕으로 내 몸을 채우며 불균형한 식습관과 미래의 건강을 염려하다가 겨울을 맞이하면 밀가루를 대신할 멋진 탄수화물을 발견한다. 건강에도 좋고 가격도 훌륭한 자취생의 구원 작물, 고구마. 여기에 단백질 보충을 위해 삶은 계란이나 닭가슴살까지 삶으니 익숙한 냄새에 키니가 입맛을 다신다.

"끙끙.."
"응. 키니도 먹을 수 있는 거야. 같이 나눠 먹자!"

차려놓고 나니 완전히 키니 전용 뷔페다. 한 달 정도 꾸준히 고구마와 닭가슴살을 먹다가, 좀 물리기 시작하면 식사마다 반 이상을 키니에게 줘버린다. 대신 나는 핫 초콜릿을 마셔대니 고구마를 열심히 받아먹은 키니와 초콜릿을 마셔댄 내가 사이좋게 살이 찌는 게 당연한 수순이다. 나만 잘하면 키니도 나도 살 안 찌는 건강한 겨울을 날 수 있겠지. 핑계를 대자면, 너무 추워서 의욕이 나질 않는다.

작년에는 3단 건조기를 구매해 고구마를 말렸다. 고구마를 삶고, 껍질을 까고, 적당한 크기로 잘라 10시간을 돌리면 키니의 일주일 치 간식이 완성됐다. 그러나 사람도 끼니를 챙겨 먹지 못해 빵으로 때우는 일상에 무리한 인력 사치였다. 건조기는 곧 싱크대 찬장 안쪽으로 밀려났지만, 밤새 윙윙 돌아가던 기계음과 말린 고구마에 남은 온기, 병에 옮겨 담을 때 옆에서 기웃대던 키니의 코가 귀여운 추억으로 남았다.

이번 겨울에도 키니와 나누어 먹을 밤고구마 한 봉지를 사 두어야겠다.

평화의 왕, 키니

세상에는 눈치를 봐야 하는
싸움도 있다.

예전엔 하루가 멀다 하고
싸우던 언니와 나.

키니가 오고 나서는
다툼이 현저히 줄었다.

평화의 왕, 키니.

(눈으로 욕하기)

나와 언니는 연년생으로, 세상의 모든 대부분의 자매가 그렇듯, 어릴 적 밥 먹듯이 싸워댔다. 거실에서 잘 놀다가 사소한 이유로 싸우기라도 하면 부모님에게 혼나고 내복 차림으로 베란다에 쫓겨나야 끝이 나곤 했다. 평소엔 '언니'라고 잘만 부르다가, 다투기만 하면 언니라고 부를 마음이 사라진다. 싸우다 부아가 치밀어 '야!'라고 소리치면 '언니한테 뭐라고?'라며 싸움은 극에 치닫고는 한다. 한국인은 목소리 큰 사람이 이긴다고 하지 않나? 목청을 돋워 쩌렁쩌렁하게 서로 소리를 질러대는 우리 자매를 중재하는 부모님의 고생이 이만저만 아니었을 듯 싶다.

대학생 때 각자 떨어져 있던 시간 동안은 제법 애틋한 자매의 정을 나누었던 것 같은데, 졸업 후, 사회생활을 하며 함께 자취를 시작하자 다시 다투기 시작했다. 싸울 때면 언니에게 '니(너)'와 발음이 비슷한 '님'이라고 부르곤 했다. (내 소심한 반항심 탓에 다툴 때면 죽어도 언니라고는 부르지 못하겠더라) 언니도 '야'라고 불리는 것보다는 기분이 덜 상했는지, 내가 언니에게 '님'이라고 부르는 이유로 싸움이 커지지는 않았다.

"님. 안 먹는 음식은 버려야 하지 않겠니? 이거 며칠째야?"

"내가 있다 치운다고 했잖아."

"어제도 그랬잖아. 또 까먹을까 봐 그러지!"

갈등은 여전했지만, 키니가 우리 집에 온 뒤로는 다툼의 시간이 확연히 줄었다. 비결은 바로 키니의 귀여움.

큰 소리에 겁을 먹는 키니를 안심시키기 위해 언니와 다투는 와중에도 키니의 등을 쓰다듬거나 장난감으로 놀아주곤 했다. 키니와 눈을 마주칠 때마다 웃어주고 아주 다정한 칭찬의 목소리도 곁들이니 영 싸우는 기분도 안 나고, 키니의 털을 만지면 저절로 기분이 좋아지며 한결 평화로운 상태로 접어들어 목소리를 높여 싸우기가 영 애매했다. 밖에서는 조금만 큰소리가 나도 왕왕 짖으며 경계하던 키니도 자매간 싸움은 칼로 물 베기라는 걸 아는 모양인지 우리가 싸우든 말든 꼬리를 흔들며 애교를 부린다.

"알았어. 버릴게."

135

"응. 재촉해서 미안."

빠른 사과에 빠른 수긍이 오가니 감정 회복도 빠르다. 금세 점심으로 떡볶이를 먹을까 돈가스를 먹을까 머리를 맞대며 신이 나서 떠든다. 정말, 키니에게 평화 전도사 훈장이라도 하나 만들어 주어야 할 것 같다.

아빠는 키니 밖에 몰라

"키니야, 아빠랑 같이 자자!"
안방에서 들려오는 목소리에
세 모녀가 키득키득 웃는다.

강아지를 책임지겠다는 우리를
걱정하셨던 아빠.

키니가 한 살이 될 때까지

입덕부정기를 거하게 겪으시더니

지금은 마음을 홀랑 빼앗기셨다.

키니가 한 살 때까지만 해도 아빠는 '딸들이 키우는 좀 귀여운 개' 정도로 키니를 생각했다. 멀리 부산에 계시니 키니와 정을 붙일 시간도 없었을뿐더러 예전에 키니와 가족들이 함께 속초로 여행을 갔을 때 키니가 아빠에게 안긴 채로 실례를 한 일이 있고 난 이후로는 키니를 애물단지로 취급하는 쪽에 더 가까워지셨다. 옷을 적시며 흐르는 키니의 '쉬'에 당황한 아빠가 얼마나 노여워했었는지.

"애기니까 그럴 수도 있지!"

아빠는 강아지 편을 드는 우리가 야속해 한참을 토라져 있었다. 식사도 숙소도, 관광까지 강아지 동반이 가능한 곳만 골라갔으니 미식에 일가견이 있는 아빠는 영 답답한 눈치였다. 따끈한 아바이순대도 먹는 둥 마는 둥 하시며 "어디 맡겨두고 다니면 훨씬 좋지 않냐"는 말을 흘리셨다.

이후로도 키니를(아빠의 표현을 빌리자면) '물고 빠는' 우리에게 개가 얼마나 지저분한지 매번 설명하며 사람과 개는 구분해야 한다고 짐짓 엄격하게 말씀하셨지만, 한 고집 하는 딸들의 성화를 어찌 이기랴. 언니와 나도 키니가 '쉬 테러'를 했으니 아빠에게 귀여움으로 너의 실수를 만회하라며 꼬인 털에 빗질 한 번을 보태 아빠 앞으로 데려가 호들갑을 떨었다.

"키니 너~무 귀엽지 않아?"
"TV 안 보여~ 나와."

아빠는 시큰둥하게 대답했지만, 키니가 곁에 붙어 앉으면 감동한 눈으로 키니의 등을 쓰다듬고 조그만 발을 만지작대던 아빠의 손을 나는 분명 목격했다. 식사할 때마다 촉촉한 눈으로 빤히 쳐다보는 시선에 완전히 마음이 약해져 슬쩍 고기 조각을 건져 주다 우리에게 한 소리를 듣기도 했다. 시련이 있는 사랑은 더 불타오른다고 하지 않던가. 견인분리를 외치던 아빠는 얼마 못 가 키니에게 마음을 홀랑 내주고야 말았다.

"아빠. 이번에 개봉한 영화 보러 가자."
"그럼 키니는? 키니 혼자 기다려야 하잖아.."

"아빠~ 엄마가 마트 가야 한대."

"키니 혼자 있는데.. 키니도 데려가자. 아빠가 입구에서 안고 있을게"

얼마 전에 가족과 놀러 간 경주에서는 내가 가자고 하는 곳마다 키니도 갈 수 있는 곳이냐 재차 되물으셨다. 저녁 식사하러 백숙집에 갔을 때는 첫술도 뜨지 않으시고 닭가슴살을 발라내어 키니 혀 데일까 봐 후후 불어주시는 게 아닌가! "꼭꼭 씹어 먹어야지!"라고 말씀하시면서.

"아빠. 개는 일단 삼키고 나서 위장에서 분해한대."

"그래도 저렇게 꿀떡 삼켰다가 목 막힌다."

이제는 지나가는 푸들을 볼 때마다 '우리 키니 친구'라며 벙긋 웃으시는 아빠. 부산 집에 내려가는 날이면 키니에게 줄 장난감과 간식이 아빠 마음만큼 한가득 채워져 있다.

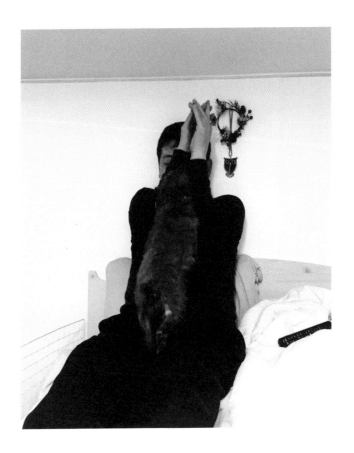

오랜 기다림

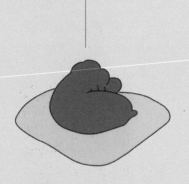

지금 사는 전셋집 계약이 만료되면,
다음 집은 무조건 회사에서
10분 이내 거리로 구할 거다.

띠띠띠

철컥

다녀왔어~

까아아아아아악

드디어 왔다! 어서 와!

오늘도 많이 힘들었지?

뽀뽀해줄게! 정말 고생했어!

이구
심심했지?

무릎 위에 올라가 줄까?
원한다면 내 등을 쓰다듬어도 돼.

나랑 가벼운 산책을 다녀오면
복잡했던 머리도 비워질 거야.

산책이 끝나면 네가 좋아하는
따뜻한 차 한 잔도 마시자.

오늘도 정말 고생했어.

도시의 개들은 아주 오래 기다린다. 키니 역시 도시의 개. 우리를 기다린다. 언니와 나는 키니와 함께하는 시간을 1순위로 삼으려 노력하지만 먹고 살아야 하는 문제를 간과할 수가 없다. 키니 홀로 두고 출근을 해야 하는 시간이 가장 미안하다. 계획 없이 유유자적 흘려보내던 시간을 키니 맞춤으로 바꾸었다. 출근 전 한 시간씩 거울 앞에 앉던 것을 그만두고 키니와 함께 이른 산책을 한다. 짧은 아침 산책이 끝나면 간식을 감싼 종이 뭉치 수십 개 만들어 바닥에 뿌려준다. 혼자 있는 키니의 무료함을 덜어줄 '노즈워크' 놀이다. 출근하면 절대 야근은 없다는 일념으로 바짝 업무에 집중한다. 손이 참 빠르다는 감탄을 들으면 필사적인 내 모습이 와 닿는다. '당연하죠. 빨리 집에 가야 하거든요!'

업무 효율은 당연히 높아졌고, 일이 끝난 후에는 예전처럼 '저녁이나 먹고 들어갈까?' 같은 고민 없이 바로 집으로 가게 됐다. 키니의 하루는 내가 집에 도착한 이후부터 시작하니 조금이라도 빨리 가야 한다.

"키니야! 누나 왔어!"

문을 열면 후다닥 달려 나와 반가움에 펄쩍펄쩍 뛰어오르는 키니. 아, 오늘도 정말 보고 싶었다. 꼬리를 힘차게 흔들며 온몸으로 나를 반기는 키니의 모습이 뭉클하다.

"잘 잤어? 내 새끼, 뭐 하고 있었어?"

나만 기다리며 온종일 현관문 앞을 지켰을 키니에게 미안함을 조금이라도 덜기 위해 다정한 목소리로 물어본다. 그런 나에게 지금의 반가움에 집중하라는 듯 키니가 정신없이 나를 핥는다.

키니가 나를 핥아주면 정신없이 보냈던 고단한 하루도 어느새 괜찮은 날로 바뀐다. 고마워, 나도 너와 더 많은 시간을 보내기 위해 최선을 다할게.

겨울 아침, 늦잠의 이유

겨울잠에서 막 깬 키니의 뱃살은
온수 매트의 따뜻함과 쌍벽을 이룬다.

겨울 아침.

이불을 들추면
잠이 덜 깬 키니를 볼 수 있다.

따뜻하게 맞댄 체온과
내민 손에 턱을 괴는 게 너무 귀여워서

늦잠을 잘 수밖에 없다.

언니의 출근은 나보다 1시간 이르다. 사룟값을 벌기 위해 출근하는 큰누나를 문 앞까지 배웅하던 기특한 키니. 한 살 때까지만 해도 출근하는 언니를 문 앞에서 막아서며 애틋한 몸짓을 보이더니 좀 지나자 방문 앞까지만 나오다 도로 쏙 들어가고, 지금은 침대 위에서 꼼짝하지 않고 눈만 겨우 떠주더란다.

"키니야, 누나 간다?"
"으르르... 왕! 왕!"

은근히 섭섭해서 인사를 건네니 대차게 짖는다. 고요한 아침에 갑자기 큰 소리를 내는 사람에게 주의를 주는 건 주인이라도 예외 없다. 알았어, 조용히 나갈게.

이어 잠이 깬 내가 무거운 고개를 들어 키니의 위치를 살핀다. 오늘은 허벅지 위에 몸을 동그랗게 말고 있다. 자세를 모로 바꾸고 키니의 등을 살살 긁으면 키니는 '식식' 하는 숨을 뱉으며 배를 뒤집는다. 밤새 품어 응축된 키니 냄새가 훅 풍긴다. 말랑한 살 안쪽까지 구석구석 쓰다듬으면 가만히 눈을 감는 키니. 잠의 요정처럼 앙증맞은 키니의 마른 코가 좀 더 자자고 속삭인다.

겨울이면 키니는 추운 날씨에 바닥에서 배를 뒤집는 대신 따끈한 이불 속으로 들어오려고 내 등이나 팔을 벅벅 긁는다. 비몽사몽간에 들어 올린 이불을 키니가 내 옆구리 쪽 자리를 확보해 앉을 때까지 잡아준다. 팔 안쪽으로 턱을 받쳐주자 편안한지 끙, 하고 내쉬는 한숨. 키니와 내 사이엔 빈 곳 하나 없다. 얼굴에 따뜻한 숨이 닿자 정신이 번쩍 든다.

'너무 귀엽잖아!' 듣기만 하면 저절로 잠이 깬다는 시끄러운 모닝콜 소리 보다 훨씬 더 확실한 방법이다. 단점이라면 일어날 수가 없다는 거다. 침대 밖은 위험한 계절이니까. 독보적으로 따뜻한 온수 매트도 내가 이불 밖으로 나갈 수 없는 이유가 되지만, 이렇게 따끈하고 말랑말랑한 키니를 두고 어찌 일어난단 말인가. 이 시간의 키니는 쓰다듬는 손을 귀찮아하지 않고 더 만져달라는 듯 두 다리를 쭉 뻗는다. 이 황금 같은 시간을 내 손으로 멈춰야 하다니. 오늘이 주말 아침이면 좋을 텐데. 적어도 한 시간은 이 상태로 있을 수 있을 텐데 말이다.

'아.. 일 나가기 싫다. 종일 '꼬순내' 테라피 하고 싶다..' 일어날까 말까. 치열한 고민으로 5분이 지났다. '오늘은 머리 감지 말자.' 머리 감기를 포기하니 여유가 좀 생긴다. 비니 쓰고 가야지. 흡족해하며 키니의 숨소리에 집중하자 금세 또 10분이 지났다.

'아침 식사는 됐어. 가는 길에 빵 하나 사가면 돼.' 밥도 포기하자 시간이 제법 넉넉한 것 같다. 잠의 요정은 아직도 마른 숨을 쉰다. 눈만 몇 번 더 깜빡일 뿐이다. 이제는 정말 키니의 아침 산책과 노즈워크를 준비할 시간밖에 남지 않았다. 오늘도 선크림만 바르고 나가야 겨우 지각을 면한다. 잠의 요정이 시간을 몽땅 빼앗아간 게 틀림없다.

사랑의 형상

마음이 흔들릴 때마다
키니의 눈과 코 사이의 움푹한 부분을 바라본다.
거기에는 언제나 사랑이 고여있다.

가끔 그런 기분이 들어.

푸들이고,
첫째래

다 귀엽지 뭐.

그 많은 강아지들 중에서

뭐 해?

갈색 푸들이고,
이름은 '키니'인 네가

일어나 챱챱

놀자 꺄악

내 반려동물이 되었다는 게 신기한,
그런 기분.

일어나~

어쩜 이렇게 소중할까?

어흥!

꺄!

참 신기한 내 갈색 푸들.

바쁘고 정신없는 일상에 시간이 지나가는 줄도 모르고 내일을 맞이한다. 오늘도 고생했다, 짐짓 상여처럼 주어지는 사회의 소속감이 은근히 기쁘다가도, 유독 지친 날에는 전부 잊어버리고 싶다. 삶이 고단할 때면, 잔잔한 물결이 치는 평온한 바닷가에 귀를 기울이는 상상을 하곤 한다.

그렇게 마음을 가라앉히면 창 너머로 들려오는 도시의 소음과 줄지어 빵빵대는 자동차의 경적도 제법 아늑하다. 많은 사람이 저마다의 삶을 살고 있구나. 하며 생각에 잠길 때, 나에게는 지친 마음을 달래주는 아주아주 부드럽고 복실한 갈색 개가 있다는 걸 다시 한번 상기하게 된다.

"키니야!"
"할짝, 할짝."

키니는 자리에 앉아 있는 나에게 손, 팔, 얼굴 자신이 닿는 곳마다 따뜻하고 축축한 분홍 혀를 내밀어 싹싹 핥아준다. 반짝반짝 빛나는 눈, 그리고 못지않게 반들거리는 코. '콤콤'하지만 어

딘가 고소한 개의 냄새. 숨을 깊이 들이쉬면 다 닳아버린 것 같
았던 체력이 순식간에 샘솟는다.

인내는 사랑에서 기인한다고 생각한다. 사랑은 불가능을 가
능하게 하고, 참아낼 수 없는 걸 참아낼 수 있게 만들어 주니까.
나에게는 키니가 그렇다. 만약 사랑에 생명을 불어넣을 수 있다
면 형상은 분명 키니이지 않을까? 나를 핥아주던 키니를 바라
보며 이런 생각에 잠긴다.

'좋았어. 내일 아침엔 얻어온 원두를 갈아 커피를 내려야지.
새로 생긴 빵집의 크루아상과 먹으면 아주 행복할 거야.' 나를
행복하게 만드는 몇 가지를 보태면 남아있던 우울감도 삽시간
에 사라지고 만다. 나 혼자 먹을 심산을 알아채 골이 난 걸까?
키니는 핥던 것을 멈추고는 내 머리카락을 앙앙거리며 무는 장
난을 건다.

"키니! 누나 도망간다! 잡아 봐!"

내가 달려 나가자 키니가 꼬리를 흔들며 후다닥 쫓아온다. 이제는 기분이 저조할 때도 '곧 괜찮아지겠지' 하며 제법 낙관적인 태도로 자리를 털고 일어난다. 우울한 마음이 들 때면 내 옆에서 날 바라보고 있는 키니와 산책하러 나가곤 한다. 어쩌면 이런 나를 키니는 처음부터 알아채고 있었을지도 모른다.

가족이 된다는 것에 대해서

반려인들과 강아지가
좀 더 행복한 사회를 위해.

고마운 이웃을 만나다

몹시 더웠던 재작년 여름.
이사한 집에 적응하지 못한 키니가
크게 짖기 시작했다.

콩 콩

새집을 영 어색해하는 키니.

왕
왕! 왕!

왕!
왕!

갔다 올...

눈에 띄는 분리불안이 생겼다.

졸업했던 분리불안 교육을 다시 시작.

옆집에 폐가 되는 것도 걱정이었다.

이사 떡을 드리며 양해를 구하려 했으나
부재중이어서 문고리에 걸어두었는데

되돌아온 봉투에는
고마운 답장이 담겨있었다.

"아우우-우."

"지금 키니가 '하울링' 하는 거야?"

이삿짐을 다 올리고 쓰레기를 버리러 잠깐 나왔던 언니와 나는 눈을 휘둥그레 떴다. 키니가 '하울링'을 하는 건 손에 꼽을 정도로 드문 일이었기 때문에.

몹시 더웠던 재작년 여름. 언니와 나는 키니를 위해 좀 더 넓은 공간이 필요하다고 생각했다. 마침 원래 살던 집의 계약 만료일도 다가왔고, 괜찮은 전셋값에 넓은 투 룸 빌라를 하나 찾아 계약부터 이삿짐센터 예약까지 일사천리로 진행했다. 이사 전 몇 번인가 키니와 함께 새집을 방문해 시간을 보냈지만, 잠깐 나온 사이에도 불안함을 견디지 못하고 애처롭게 우는 키니를 보니, 아직은 새집에 완전히 적응하기엔 역부족이었던 모양이다. 날카로운 울음에 키니가 받는 스트레스가 느껴져서 안타깝고 속상했다.

"키니, 괜찮아. 이제부터 여기서 사는 거야."

키니를 위해 한 살 때 졸업한 분리 불안 개선 교육을 다시 시작했다. 교육 방법은 방 곳곳마다 간식을 뿌리고 장난감을 흔들며 키니와 놀아주는 등 즐거운 경험을 갖게 하여 낯선 공간에서의 두려움을 덜어내는 한편, '노즈워크'를 준비해 방 안에 뿌려두고, 키니가 간식을 찾는 사이 문밖으로 나갔다 들어오는 행동을 짧은 간격으로 반복해서 '네가 놀고 있으면 우리가 돌아온다.'는 메시지를 키니에게 전달하는 것. 덧붙여 벽에 기대어 앉아 언니와 내가 편안하게 쉬는 모습을 보여주자 키니도 제법 안심하는 눈치였다.

키니가 헛짖음이 많은 편은 아니지만, 이 집에 완전히 적응할 때까지 얼마간 소란스러울 생각을 하니 얼굴 모를 새 이웃에게 죄송한 마음이 들었다.

"옆집에 인사도 할 겸, 잘 봐달라고 떡이라도 돌리자."
"그래. 좋은 생각이야."

4층의 이웃은 두 집. 우리 집은 401호, 이웃집은 402호, 403호였다. 역 앞 떡집에서 포슬한 고물이 듬뿍 올라간 팥 시루떡 두 팩을 구매했다. 하나씩 봉투에 나누어 담고 메모지에 인사말을 꾹꾹 눌러 적었다. 미안한 마음과 제발 개를 좋아하는 이웃이었으면 하는 소망을 담아 쪽지 귀퉁이에 귀여운 푸들 그림도 그렸다.

'안녕하세요. 엊그제 이사 온 401호예요. 갈색 푸들과 함께 살고 있는데, 새로운 공간이 낯설어 짖을 수 있어요. 빨리 적응할 수 있도록 최선을 다할게요. 감사합니다!'

두근거리는 마음으로 402호의 초인종을 눌렀다. 기척이 없었다. 403호도 마찬가지. 결국 이웃집 현관 문고리에 조심스레 떡 봉투를 걸어 놓고 집으로 돌아온 후에도 몇 번이나 밖을 기웃거리며 옆집 문고리에 걸린 봉투가 사라졌는지 확인했지만, 늦은 밤까지 떡 봉투는 그 자리에 그대로였다.

키니와 이웃에 대한 걱정으로 하루를 보내고, 다음날 다시 현관문을 열었다. 덜그럭, 부딪히는 소리가 났다. 이웃집 현관문에 걸어둔 봉투는 모두 사라져 있었고, 덜그럭거렸던 소리는 우리 집 문고리에서 나는 소리였다. 고개를 빼 문고리를 확인하자 낯익은 봉투가 걸려 있었다. 부스럭대며 연 봉투 안에는 맥주 두 캔과 쪽지 하나가 들어있었다.

'403호입니다. 신경 쓰지 마세요. 강아지 소리가 설마 호랑이 소리만 하겠어요? 주신 떡은 감사히 잘 먹겠습니다.'

혹시 개를 싫어하는 이웃이면 어떡하나 걱정했던 마음이 눈 녹듯 사라지는 감사한 답장이었다. 나를 안심시키기 위해 가볍게 농담을 건넨 이웃의 다정함에 감동이 울컥 밀려왔다. 키니도 우리의 마음을 아는 건지, 아니면 넓어진 집이 쾌적한 건지 생각보다 빠르게 적응했다.

예전의 나는 아주 조용한 유령 이웃이었다. 문 앞으로 배달된 택배가 없어지는 것으로 '아 사람이 살고 있구나.' 하고 확인되는 고요한 이웃. 요새는 서로 참견하지 않는 게 예의니까, 옆집과 대화를 나눌 일은 거의 없었고, 안부를 묻는다는 건 생각하기 힘든 일이었다.

이제는 누구라도 마주치면 왕! 하고 짖는 키니 덕분에 '죄송합니다. 깜짝 놀라셨죠? 얘가 위협하는 건 아니고, 겁이 많아서 짖는 거예요.'라며 세 마디 이상 인사를 건네는 요란한 이웃이 되었다. 가끔 키니를 마주치면 예쁜 푸들이네, 하며 말을 걸어오는 이웃의 친절이 고마워 할로윈데이나 밸런타인데이에는 사탕이며 초콜릿을 가득 채운 바구니를 공동현관문에 걸어두기도 했다.

조금씩 줄어드는 바구니로 살가운 인사를 나누고, 서로의 안부를 물어봐 주는 고마운 이웃이 가득한 이 동네. 새삼 이 동네에 애정이 샘솟는다.

육아 커뮤니티

직장 때문에 살 게 된 낯선 동네에는 친구 한 명 없었다.
오로지 키니를 위해 인사를 나누었던 이웃은
어느새 내 이웃이 되었다.

까악

구름이

어린 때는 뒹굴며 놀던
키니의 동갑내기 친구, 구름이.

(머쓱)

다 크더니 명절 때 친척 보듯
데면데면하다.

ㅎㅎ
잘 지내시죠~?

~친절~   ~어색~
ㅎㅎ   ㅎㅎ

(대신 말이 많아지는 어른들)

애들 관절에 이게 좋대요
오오

서로의 안부와 근황을 공유하다 보면

강아지를 키우는 주민분들이
어느새 동그랗게 모인다.

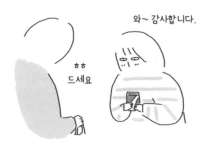

(가끔 음료수도 나누어 주신다)

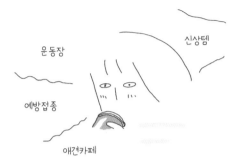

운동장

신상템

예방접종

애견카페

사방에서 들려오는
꿀 정보와 신상 소식까지.

← 딩크족

이게 바로
육아 커뮤니티의 매력...?

안아줘

키니와 놀아주느라 내 에너지는 고갈 직전이었다. 생후 6개월이었을 때의 키니는 한 시간씩 산책하고 두 시간 내내 뒹굴어도 다시 놀자고 달려드는 엄청난 에너지의 소유자였다. 혹시 키니가 내 에너지를 끌어다 쓰는 걸까? 한참을 놀아도 뒤돌아서면 다시 놀자고 덤비는 체력을 설명할 근거는 그것뿐이었다. 키니의 에너지를 마음껏 방출할만한 크기의 공원이 필요했다. 게다가 키니의 사회성을 기르기 위해서라도 다른 강아지 친구들을 만나는 건 필요한 일이었다.

어느 주말 낮, 집 근처의 가장 넓은 공원을 키니와 함께 찾았다. 공원 중앙에는 개와 사람들이 모여있었다. 친근하게 이야기를 나누는 모습이 미리 약속을 잡고 나오는 애견 모임인가 싶었다. 키니의 친구를 만들 수 있겠구나! 반가운 마음이 들어 사람들 사이로 조심스럽게 다가가 말을 걸었다.

"안녕하세요. 혹시 어디 모임에서 나오신 거예요?"
"안녕하세요! 그냥 이 근처에 사는 사람들이에요. 매번 나오다 보니 얼굴도 벌써 다 익혀서 같이 모이곤 하죠. 어디에 사세요?"

"저는 6단지 근처에 살아요."

"아~ 구름이네도 그쪽에 사는데. 얘는 이름이 뭐예요?"

"키니요. 애가 치킨을 닮아서 '치킨'의 '킨'을 길게 늘여서 지은 이름이에요. 키니."

"아! 하하하. 특이해라. 우리 애 이름은 둥지예요!"

둥지는 크림빛 털에 토끼처럼 짧은 꼬리, 순한 눈매를 가진 아이였는데, 제법 의젓하게 자리를 지키고 앉아있었다. 이래저래 멋쩍게 말을 붙이는 나와는 달리, 키니는 꼬리를 흔들며 여기저기 사람과 개에게 인사하기 바빴다. 벌써 간식도 두어 조각 얻어먹고 입맛도 다시는 중이었다. 간식을 나눠 먹는 건 '친구와 친해지기'의 첫 단계인데, 키니는 벌써부터 평생 친구로 삼은 양 간식을 준 사람 앞에 엉덩이를 붙이고 앉아있었다. 너는 참 붙임성도 좋구나.

"구름이네! 여기 키니네도 6단지 근처에 사신대!" 흰색 털을 가진 몰티즈가 이쪽으로 다가왔다. 줄을 잡은 여자분은 내 또래로 보였다.

"안녕하세요."

"키니는 몇 살이에요?"

"이제 한 살이요."

"저희 구름이랑 동갑이네요. 키니는 구름이랑 비교하면 그래도 엄청 얌전한 편인 것 같아요."

"어휴.. 집에서는 난리에요."

"그래도 저렇게 신나게 노는 게 부러워요. 우리 둥지도 작년까지는 뛰어놀고 난리더니 어느 순간 잘 놀지도 않더라고요."

한번 말을 트자 키우는 개에 대한 얘기는 마를 새가 없었다. 사료는 어떤 걸 추천하는지, 미용실은 어디가 좋은지, 어디 병원이 진료를 잘 보더라는 둥, 알찬 정보가 쏟아졌다. 내 손은 다가오는 개들에게 인사를 하느라 바빴다. 키니도 친구들과 뒹굴고 서로 쫓아 달리기에 정신이 없었다.

그렇게 매일같이 키니와 함께 공원을 나갔다. 키니에게도, 나에게도 좋은 이웃들이었다. 음료수와 간식거리를 함께 나누고, 개가 먹을 간식인 달걀노른자나 고구마를 집집마다 찌고 삶아 나누었다. 어느 날에는 용품이나 영양제 같은 것들을 공동구매 하기도 했다. 누구네 집 개가 어떤 알레르기가 있는지, 다이어트를 하는지, 심지어 질투가 많으니 몰래 만져줘야 하는 것까지 속속들이 알게 되었다.

"키니네 왔어?"
"네! 안녕하세요!"

직장 때문에 살 게 된 낯선 동네에는 친구 한 명 없었는데, 키니를 중심으로 이웃이 생기기 시작했다. 내 이름보다는 '키니네'라고 부르는 게 익숙한 나의 즐거운 이웃들.

나도 좋은 이웃이 되자

키니가 소중한 이웃으로 받아들여지면 좋겠다.
그러려면 나부터 좋은 이웃이 되어야 한다.

평소라면 낯선 이웃인 동네 사람들이지만
강아지와 함께라면 다들 반가운 인사를 나눈다.

강아지들끼리 인사를 하느라
리드줄이 꼬이기도 하는데

수월한 교통정리를 위해
끈을 놓기도 하지만

타이밍을 놓치면
초면인 사람과 포옹을 하게 된다.

멀리서 보면 포옹을 하지 않기 위해
빙글빙글 돌고 있는 강아지 산책.

키니는 오가는 사람의 바짓단에 킁킁대는 코를 갖다 대고 싶어 안달이다. 사람들의 바지 끝에는 세상이 좀 더 짙게 묻어있는 걸까?

"안 돼."

키니가 함부로 사람들에게 다가가지 않도록 줄을 짧게 고쳐 쥔다. 개를 키워본 적이 없거나 익숙하지 않은 사람, 혹은 개를 무서워하는 사람들은 우리에게서 멀어지기 위해 키니를 중심으로 아주 커다란 호를 그리며 지나가는 것을 볼 때, 나는 감아 쥔 리드 줄을 한 번 더 추키고 최대한 친절한 표정을 지으며 "먼저 지나가세요." 하고 말한다. 아무 말 없이 지나가는 사람들에게는 감사하지만, 피해를 입히지 않았음에도 개와 함께 있다는 것만으로도 화를 내 거나 시비를 거는 사람들도 있다.

"개를 왜 공원에 데리고 나와? 개똥 치워!"

마치 자신의 화를 쏟아낼 분출구를 만들기 위해 시비를 거는 이런 사람들은 상대하지 않고 자리를 피하는 것도 방법이지만, 잘못한 것 없는 나를 비롯한 다른 반려인들이 해코지의 대상이 되는 것 같은 기분이 들어 지나치지 못하고 대꾸를 하기도 한다. 똑같이 감정적으로 대응하면 개에게 직접 해를 입힐까 싶어 화를 꾹꾹 눌러 참고 말한다.

"제 개가 실례를 하면 처리하기 위해 꼭 배변 봉투를 가지고 다니고요. 공원에 강아지랑 함께 산책 오는 건 문제가 없는 거로 알고 있습니다. 괜한 시비를 걸지 말아주세요."

화를 잔뜩 내지 못한 그 사람은 내 미적지근한 반응을 달구려 욕지거리를 뱉는다. 속상하고 분한 마음이 스멀스멀 올라오는데, 유모차를 끌고 근처를 지나가던 젊은 부부가 나를 발견하고는 도움의 손길을 내밀었다.

"이봐요. 그냥 지나가던 사람한테 무슨 해코지에요? 목줄도 했고 배변도 수거하는데, 왜 괜히 시비입니까?"

그러자 시비를 걸던 사람은 당황한 낯으로 어물거리더니 자리를 떠났다. 부부에게 감사의 인사를 건네자 별 이상한 사람이었다며 나를 달래주었다. 키니는 두려웠는지 얌전히 내 눈치를 봤다. 상처받은 감정에 얼굴이 화끈거렸지만, 고마운 부부의 모습을 떠올리며 겨우 진정했다.

얼마 전에는 겨우 걸음을 뗀 듯한 아이가 키니에게 흥미를 보이며 다가왔다. 평소 아이들이 키니의 근처로 오면 나는 자리를 피하곤 했다. 아이를 어떻게 대해야 할지도 모르겠고, 혹시나 키니의 움직임에 놀라 아이가 넘어지기라도 하면 그것도 문제이니 그럴 때는 자리를 피하는 게 상책이었다. 평소처럼 자리를 피하려던 그 순간, 나에게 도움을 주었던 젊은 부부가 생각났다. 나도 조금 더 좋은 이웃이 될 수 있지 않을까? 자리를 피하는 대신 아이의 보호자에게 말을 걸어볼까? 그런 생각에 아이의 보호자에게 조심스레 말을 건넸다.

"우리 개는 물지는 않는데, 큰 소리를 내거나 발을 구르면 놀라서 뛰어오를 수 있어요. 아이가 개에게 인사하게 천천히 도와

주시면 아이도 좋아할 것 같아요."

그렇게 아이의 부모에게 이야기를 건넨 후, 아이에게는 키니를 소개하고, 천천히 손을 뻗어보라고 말해주었다. 아이가 작게 웅크린 손을 뻗자 키니가 조심스럽게 다가가 킁킁 냄새를 맡았다. 아이는 그것으로도 충분한지 "강아지!" 하고 소리치며 기쁜 듯 웃는다. 아이의 부모도, 나도 함께 활짝 웃었다. 키니의 모습을 기억한다면, 다른 개를 보고서도 "강아지!" 하고 소리 내며 웃지 않을까 라는 생각을 한다.

이웃 부부의 행동이 나를 위기에서 구한 것처럼, 나도 누군가를 위해 작은 용기를 낼 수 있도록 노력하려 한다. 그렇게 작은 용기에 응원받은 이들은 누군가에게 또 작은 용기를 내거나 응원을 보내는 따뜻한 사람이 될 수 있지 않을까? 나도 이웃 부부의 작은 용기에 더 따뜻한 사람이 되고 싶은 마음이 들었으니까 말이다.

앞으로도 노력하려고 한다. 개를 마주한 사람들의 얼굴에 온기가 더해지도록. 그래서 그 모습을 본 개들도 더 행복하도록.

너에게도 거리가 필요하구나

키니는 내 무릎 위에 올라오는 걸 좋아하지만,
그게 꼭 만져달라는 신호는 아니다.

정말 정말 귀여운 키니.

이잉 귀여워

그 모습에 참지 못하고 껴안을 때가 있는데

좀 불편한데...

사실, 일방적으로 가까운 이 거리가
키니 입장에서는 부담스럽다.

개가 느끼는 편안한 스킨쉽은
몸의 한 부분을 맞대고 있는 정도라고 한다.

만약 종일 안고 있다면, 사람이 2인 3각을
한 채로 움직이는 것과 비슷한 느낌이려나.

여유를 느끼기 위해서
적당한 거리가 필요하듯,

히히 미안

키니에게도 적당한 거리가 필요하다.

개를 키우면 종일 곁에 붙어있어야 할 것 같지만,(그리고 어느 정도는 그렇지만) 사실 적당한 거리를 유지해야 개에게도, 나에게도 좋다. 손에 쥐면 터질까, 불면 날아갈까 매 순간 끼고돌면 나에 대한 의존성이 심해져 분리 불안은 물론 다른 사람을 경계하다가 공격성이 높아질 수 있다.

처음 보는 사람이 소리를 지르며 나에게 바짝 붙어서면 화들짝 놀라 경계하는 것처럼, 지나가는 개가 예쁘다고 불쑥 손을 뻗는 것도 개에게는 부담스러운 행동이다. 아무리 개가 예뻐서 하는 행동이라도 말이다. 만약 키가 7M쯤 되는 거인이 내가 좋다고 갑자기 다가와 손을 내밀면 어떻겠는가? 지나가는 개에게 다가가고 싶다면 보호자에게 양해를 구한 후, 차분히 인사를 건네고, 자리에 앉아 기다리면 된다. 그럼 개는 꼬리를 흔들며 기꺼이 다가와 줄 것이다.

나는 예쁘다 귀엽다 칭찬하며 키니를 쓰다듬는 시간이 압도적으로 많다. 한참 예뻐하다가 키니가 코를 날름거리면 '너무 귀찮게 했나?'라는 생각이 들어 퍼뜩 손을 거둔다. 사람은 껴안고 뽀뽀하고 쓰다듬는 행동으로 애정을 보이고 싶지만, 개가 느끼는 편안한 스킨십의 정도는 몸의 한 부분을 맞대고 있는 거라고 한다. 사람도 매일 붙어 치대면 답답하다고 느끼는데, 개라고 오죽하랴. 서로에게 갇혀 옴짝달싹 움직이지 못하는 관계는 사람에게나, 개에게나 건강하지 못하다.

'그렇긴 한데.. 귀여워서 어쩔 줄 모르겠네.' 내 발치에 웅크린 키니의 얼굴을 가만히 바라본다. 전신의 부드러운 곱슬 털에 가려져 눈에 띄지 않는 빳빳한 속눈썹. 콧대 끝의 촘촘한 그물 무늬 코. 코 주위에는 연한 털이 새순처럼 돋아있다. 점점이 들려오는 바깥의 소리에 눈을 뜰까 싶었는데 뒤집힌 키니의 귀 한 쪽만 움찔댄다.

행복한 기분에 휩싸여 키니의 볼과 주둥이 사이의 우묵한 부분에 입술을 묻는다. 숨을 깊게 들이쉬며 키니 냄새를 맡자 기분이 좋아진다. 얼마간 나의 무게를 받아주던 키니는 귀찮았는지 결국 자리에서 일어나 쭉 기지개를 켠다.

"야. 너는 종일 내 얼굴 핥으면서. 치사하게."

키니는 어림도 없다는 듯 흥, 하고 콧김을 뿜고 조금 떨어진 제 방석으로 자리를 옮긴다.

"거기에 있을 거야?" 서운하다고 툴툴댔지만 더 손을 뻗지는 않는다. 방석 밖으로 삐죽이 나온 키니의 귀여운 발을 보는 것도 좋다. 너를 사랑하는 적절한 거리에서 평온을 달게 곱씹는다.

만약 말을 한다면

'내 반려동물이 말을 할 수 있다면 좋을 텐데…'라는
글을 많이 본다. 더 이해하고
더 잘해주고 싶은 마음 때문이겠지.

강아지가 말을 한다면
짧은 단어로 표현할 것 같지만

긴장 한 톨 느껴지지 않는
키니의 편안한 등과

나를 향해 반짝이는 까만 눈,

앞서 걸으며 돌아보는
익숙한 걸음 같은 것에서

키니가 긴 호흡으로
말하고 있음을 깨닫는다.

나를 사랑하고 믿으며,
함께 있어 행복하다고.

'심심해. 그거 그만하고 나랑 놀면 안 돼?'

내 무릎 위에 똬리를 틀고 앉은 키니의 등이 속삭인다. 문득 고개를 드니 갖가지 인형과 개껌, 분명 식탁 의자에 걸쳐두었던 행주까지 군데군데 널브러져 있다. 행주는 어떻게 내린 거지? 놀아달라고 물고 온 것을 한 손으로 건성건성 잡아당겼던 기억이 난다.

'너무 오래 작업했나.. 키니 심심하겠다.' 책상 위 노트북을 덮고 둥그렇게 굽혔던 등을 쭉 폈더니 키니가 휘릭 눈을 돌려 내 기색을 살핀다. 가만히 있길래 잠든 줄 알았는데. 코가 반질거리는 걸 보니 일을 하고 있는 나를 기다려준 거다. 이제는 가만히 엎드려있는 등과 촉촉한 코의 조합에서 심심하다는 마음을 읽어내기도 한다.

"키니, 놀자! 인형 가져와!"

언제 웅크렸냐는 듯 푸드덕 일어난 키니가 눈을 빛낸다. 다급하게 주위를 둘러보더니 제일 많이 가지고 노는 인형을 덥석 물어온다. 으르릉, 으릉. 신나게 밀고 당기는 소리.

한참 터그놀이를 하다 방 안으로 길게 들어오는 햇빛에 눈이 갔다. 이대로 더 늦으면 밤이 되어버리니 산책을 서둘러야 한다. 터그놀이를 멈추고 작은 방으로 건너간다. 서랍에서 양말을 꺼내 신고 산책할 때 자주 걸치는 검은색 후드를 걸치자 산책하러 나간다는 걸 눈치챈 키니가 신이 나서 펄쩍펄쩍 뛴다. 딱히 말을 하지 않아도 신난 게 한눈에 보인다.

"하네스(외출용 가슴 줄) 해야지. 뛰지 마!"

정신없이 방방 날뛰는 키니 앞에 간식을 하나 갖다 대자 냉큼 하네스를 찬다. 산책 가방에 물과 간식, 배변 봉투, 물티슈, 장난감 공 등을 챙겨 집을 나선다.

주말 낮의 산책은 소란스러운 차들이 잠잠하게 멈춰있어 아주 조용하다. 키니가 통통거리며 발을 굴려 익숙한 길을 걷는다. 아주 기분 좋을 때 보이는 걸음걸이다. 가끔 무언가에 겁을 먹고 멈춰서기도 하는데, 이때는 괜찮다고 살살 달래도 요지부동이다. 잠자코 기다려주어야 조심스럽게 다시 걷기 시작한다. 공원에 도착하면 나무둥치와 풀잎 끝에 코를 대고 부지런히 냄새를 맡는다. 벤치가 보이면 그 위로 풀쩍 뛰어올라 내가 앉기를 기다린다. 벤치에 나란히 앉아 나무가 바람에 흔들리는 소리를 듣는다. 키니는 가끔 허공에 코를 치켜들고 킁킁거리며 냄새를 맡는다.

"기분 좋다. 그치?"
"…"

몸에서 힘을 빼고 편안히 엎드린 키니의 모습을 보면 대답을 하지 않아도 알 수 있다. 나와 키니는 서로의 작은 몸짓을 이해하고 맞추어 움직이는 것에서 긴밀한 유대감을 느낀다. 만약 키니가 말을 한다면 '심심하지만, 널 기다릴 수 있어. 하던 거 다 끝나면 나랑 꼭 놀자!'라거나, '너와 햇볕을 쬐고 느긋하게 산책하는 이 시간이 정말 좋아.'라며 다정하게 말해주겠지.

그러나 말을 하지 않아도, 나에게 몸을 기댄 키니는 여전히 나에게 다정다감하다.

사람의 몫

커다란 몸집의 개도,
보호자에게는 아기처럼 안기겠지.

몇 살이에요?

10살 넘었어요.

아구 애기야~

귀여운 아가들...

1살이든 10살이든, 다 애기.

아주 많이 늙어 보이는 푸들이 다가왔다. 예전엔 분명 풍성하게 곱슬곱슬했을 갈색 털은 이제 손바닥에 스칠 정도로만 겨우 남았다. 배는 불룩하게 튀어나오고 걸음은 아주 느렸다. 우리를 바라보는 눈은 까만색도, 짙은 밤색도 아닌 탁한 흰색이었다.

키니의 미용을 맡긴 뒤 언니와 함께 들린 카페의 사장님이 키우는 푸들이었다.

안녕. 소곤거리며 아는 체를 하자 늙은 푸들은 조금 더 다가왔다. 가까이서 살펴보자 각질이 하얗게 일어난 피부와 군데군데 커다랗게 검버섯이 피어 있었다. 물혹인지, 종양인지 모를 둥그런 혹도 몇 개나 있었다. 아주 예민해 보이는 외양에 선뜻 손을 뻗지 못했다. 만져도 될까 싶어 카운터를 건너다보자 사장님이 고개를 끄덕였다. 언뜻 마주친 눈에서는 늙은 개에 대한 사연이 일렁였다.

"만져달라는 거예요."
"아! 그렇구나. 귀여워라."

"눈이 안 보이는데도 꼭 나가서 인사를 해요."

"사람을 좋아하나 봐요."

"네. 한 번 만져주면 계속 따라다녀요."

늙은 개는 우리가 마음에 들었는지, 정말로 궁둥이를 붙이고 앉아 움직이지 않고 손길을 기다렸다. 등과 배를 마구 긁어주고 싶었으나, 성한 피부를 찾기가 어려워 아주 천천히, 가볍게 등 줄기를 쓸었다.

"기분 좋나 봐요. 이제 큰일 났다. 계속 만져주셔야 해요."

주문한 따뜻한 아메리카노 두 잔을 테이블 위에 올리며 사장 님이 난처한 듯 씨익 웃었다.

"아지야, 이리 와. 너 자꾸 만져달라고 하면 어떡해."

"이름이 아지구나."

"네. 보시다시피.. 아프고, 나이가 좀 있어요. 원래 입원했었는 데 이제는.. 같이 있어 주려고요. 아지, 이리 와. 커피 식기 전에

드세요."

　어디가 심각하게 아프다는 말 대신, 독한 약이 오히려 몸에 무리가 돼 치료할 수 없다는 말 대신, 이제 같이 있어 준다는 것으로 우리에게 늙은 개를 소개했다. 길게 덧붙이지 않는 말에 매일 자신의 늙은 개와의 남은 시간을 세어야 하는 아연함이 묻어났다. 카운터 옆으로 난 작은 공간에 설치된 하얀색 플라스틱 펜스가 반쯤 열려있었고, 그 안쪽에는 '아지'의 휴식처로 보이는 방석이 놓여있었다. 사장님의 부름에도 '아지'는 몸을 일으키지 않았다. 혹시 귀도 잘 안 들리나? 언니와 내 얼굴이 걱정으로 흐려지는 걸 본 사장님이 가볍게 말했다.

"못 들은 척하는 거예요. 더 만져달라고."
"아, 세상에. 알았어. 더 만져줄게. 아지 예쁘다~"

　말꼬리를 다정하게 늘리자 '아지'는 귀를 움찔대며 나를 슬쩍 올려다보았다. 정말 모르는 척한 거였구나. 아픈 개를 보고 조금 가라앉았던 마음 속으로 삽시간에 웃음이 번졌다. 여전히 애교쟁이에, 여전히 고집쟁이인 개. 단지 시간이 흘러 몸만 늙은 개. 개는 늙어도, 여전히 누군가의 어린 개일 것이다.

오전의 조용한 카페에서 행복해하는 아지를 보며, 이별을 준비하는 건 사람의 몫인 게 훨씬 낫겠다. 그렇게 생각했다.

모든 개는 키니

모든 개에게서 키니가 보인다.
외양, 나이, 성격이 달라도
꼬리를 흔드는 낯선 개에게 사랑이 샘솟는다.

키니도 언젠가는
강아지 별로 떠나야 한다.

키니가 아프거나
떠나는 상상을 한 날

이별이 슬프고 못해준 것만 생각나
한참을 슬퍼하고,

흔적을 닳도록 더듬겠지만

안녕 아가야

가장 순수한 애정을 받았으니,
다른 아이에게도 꼭 나누어줄 것이다.

"어서 오세요. 아직 사람들이 다 도착하지 않아서.. 10분만 더 기다렸다가 인원 파악할게요."

매섭게 불어오는 바람이 노란색 우비를 세차게 흔들었다. 머리가 벗겨진 무덤이 황량한 언덕 위로 다섯 개쯤 있었고, 그 근처에 뜻 모를 한자가 잔뜩 새겨진 흙 묻은 비석 몇 개가 쓰러져 있었다. 소중한 주말에 말쑥한 코트를 입고 카페로 가는 대신, 검댕이 잔뜩 묻은 운동화를 신고 여기에 서 있다니. 예전의 나라면 절대 상상할 수 없는 일이다. 내가 서 있는 곳은 유기된 70여 마리의 강아지와 10마리의 고양이를 보호하고 있는 사설 유기동물 보호센터였다.

키니를 만나며 개를 더 깊이 이해하고 싶었다. 기초적인 행동 심리부터 우리나라의 개들이 처한 환경까지 다양한 칼럼을 읽었다. 관심의 사각지대에 놓인, 내가 외면했던 개에 대한 르포와 다큐멘터리 영상을 보았을 땐 마음이 아파 지하철에서 눈물을 줄줄 흘렸다. 도저히 페이지를 넘기기가 힘들어 책을 덮었다가 다음날 다시 펼쳤고, 영상을 껐다가 다음날 다시 재생하기를 반복했다. 내 머릿속에서 슬프게 웅크린 개의 모습은 점점 더 커졌다. '사람들이 개를 너무 쉽게 데려오는 게 아닌가?' 하는 생각에 가슴이 덜컥 내려앉았다. 나조차 아주 쉽게 키니를 만났지 않았나. 이러다 내 일상마저 슬픔에 푹 젖을까 두려웠다.

동물 보호 관련 법률 제정 청원에 목소리를 보태기도 하고, 안락사 대상인 아이들에게 관심을 가져달라고 SNS에 공유하기도 했다. 분명 이것도 키니의 친구들에게 도움을 주는 하나의 방법이긴 했지만, 핸드폰을 끄면 일상에 밀려 금세 잊히기 일쑤였다. 여전히 어딘가에서 쓸쓸히 웅크리고 있을 낯선 개를 생각하면 불시에 슬픔이 밀려와 속이 답답했다.

'안 되겠어. 이렇게 슬퍼하면 몸만 무기력해져. 일단 움직이자.' 이게 주말 봉사 활동을 결심하게 된 이유였다. 어찌 보면 인간으로서 개에게 가진 죄책감을 덜기 위해 뭐라도 도우려는 이기적인 이타심도 있었다. 낯선 번호의 버스를 타고 40여 분을 이동했다. 지명조차 낯선 곳에 내려 흙길을 따라 걸어 올라가자 회색 방진복을 입고 그보다 더 짙은 회색의 장화를 신은 보호소

소장님이 봉사자들을 기다리고 있었다.

면식이 있는 봉사자들은 이런저런 이야기를 나누었지만, 혼자 참여한 나는 멀뚱히 서서 보호소의 전경을 눈으로 훑었다. 신문지를 태웠는지 재가 수북이 쌓인 드럼통 소각로와 잡동사니로 가득 찬 간이창고가 눈에 띄었다. 반대편 언덕 너머로 개들이 짖는 소리가 들렸다. 저기에 아이들이 있구나. 약간 긴장되는 마음에 괜히 발끝으로 바닥을 툭툭 차는데, 보호소 입구로 검은 개 한 마리가 쑥 들어왔다.

"너 어디 다녀와?"

검은 개는 사람들이 반가운 기색을 비치자 꼬리를 흔들며 다가왔다. 그런데 가까이 다가온 개의 털에는 도깨비 풀이 잔뜩 붙어있었다. 소장님은 "이게 다 뭐야!" 하시더니 개를 붙잡고 도깨비 풀을 떼어내기 시작했다. 털을 솎아내는 투박한 손길에 개는 도망갈 심산으로 엉덩이를 주춤거렸으나 되려 더 단단하게 붙들렸다. 그러자 갑자기 배를 보이며 벌렁 드러누웠다.

"눕지 마! 안보이잖아. 이걸 어디서 다 묻히고 와서는.."

애교를 부리는 검은 개의 행동에 저절로 웃음이 나왔다. 보호소는 무거운 분위기만 가득할 줄 알았는데. 긴장했던 마음이 조금 풀렸다. 봉사자가 모두 도착하자 소장님은 앞 견사, 뒷 견사와 큰방, 작은방으로 인원을 나누어 청소를 부탁했다. 여기저기 널린 배변을 치우고, 바닥을 깨끗하게 닦아낸 후 그 위에 새 신문지를 깔았다. 이불과 담요, 방석의 먼지를 털고서는 물통과 밥그릇을 세척하여 깨끗한 물과 사료를 채웠다. 몸이 약하거나 병든 아이들은 소장님이 담당했다.

두려움에 잔뜩 몸을 말고 구석으로 도망가는 아이도 있었고 여차하면 물 기세로 으르렁대는 아이도 있었지만, 대부분의 개가 조금이라도 더 사람의 손길을 받으려 내 팔 아래에 몸을 들이댔다.

'가족만 있다면... 누구보다 소중해질 아이들인데.' 외양은 달랐지만, 모든 개가 키니였다. 모두 키니를 닮아있었다. 울컥한 마음을 단단히 다잡고 견사 청소를 마무리했다. 그 와중에도 내 뒤로 줄줄이 개 대여섯 마리가 내 옆을 기웃거렸다.

돌아보면 나는 슬픈 상황에서 자주 눈을 돌렸다. 눈을 돌리는 것은 아주 쉬운 방법이었다. 내 하루를 살기에도 바쁘다는 핑계로 슬퍼하고 분노할 에너지를 아끼기에 효율적인 방법. 여유 없이 메마른 마음에 고통받는 개의 모습은 그저 따갑기만 했다. 키니에게 사랑을 받고 나서야 진심으로 개의 행복을 바란다.

나는 여전히 이기적이고, 슬픈 현실은 고통스럽지만 키니를 보며 용기를 얻는다. 너희의 행복을 위해, 눈을 감지 않고 귀를 연다. 키니가 함께 있어 준다면 나는 목소리를 낼 수 있다.

235

앞으로 더 행복해질 너와 나의 이야기

너희를 조금 더 이해할 수 있게 되었어.

강아지를 키우기 전 알아야 할 사실 1
내 시간은 없다

개에 대해 잘 몰랐던 사람으로서,
키니를 키우고 난 후 절절히 느낀 몇 가지 사실.

내가 출근하면 키니는
오랜 시간을 혼자 기다린다.

외출 후 남는 시간 전부를 쏟아야
겨우 반나절을 함께하기 때문에

멍디씨 저녁 먹고...

저 먼저 가요!!!

(칼퇴 요정)

나에게는 퇴근이지만,
키니에게는 하루의 시작이라고 생각하고

*이제 막 일어나
에너지가 넘치는 키니

놀자!

아악 5분만 누울게

열심히 놀아주며 함께
충분한 시간을 보내주어야 한다.

노즈워크로
강아지의 스트레스를
줄일 수 있어요.

▸ 노즈워크 : 반려견의 발달된 후각을 활용한 놀이.
쌓인 에너지를 발산하고, 스트레스를 낮춰주며
강아지의 자신감을 높여줄 수 있다.

나 간다?

킁킁킁킁킁킁

라지 사이즈 버터 팝콘을 저녁 식사 대신으로 영화관을 찾는다. 주말엔 친구들과 함께 시간을 보내거나 약속이 없으면 가고 싶었던 카페로 가 아껴둔 책을 읽는다. 정갈한 분위기의 편집숍에 방문해 빈티지 제품을 구경하는 것도 좋아한다.

이런 일상에서 당연히 해왔던 활동을 못 하자 내가 어떤 시간을 좋아했는지 바로 티가 났다. 키니가 우리에게 온 후, 내 여가 시간은 모두 키니의 것이 되었다. 새로 배우고 싶은 취미나 모임은 '그 시간에 키니랑 공놀이 한 번 더하지'싶어 시작조차 못 하고, 친구가 얼굴 좀 보자며 연락을 해도 키니를 보살펴야 한다고 거절하기 일쑤였다. 언니도 마찬가지. 맛집 투어로 직장 스트레스를 풀던 언니는 내가 약속이 있는 날이면 꼼짝없이 집에 있어야 한다.

모든 일정도 키니 위주다. 평일은 '아침 산책 - 출근 - 저녁 산책 - 키니와 놀기'이고, 주말에는 '아침 산책 - 키니와 놀기 - 저녁 산책 - 키니와 놀기'다. 언니와 나, 둘 중 한 사람은 꼭 키니를 돌보아야 하므로 약속을 잡기 전에 반드시 서로의 시간을 확인한다. 지금까지도 스마트폰 달력엔 두 명분의 스케줄이 빼곡하게 적혀있다.

"나 수요일에 저녁 약속 잡아도 돼?"

"그날 야근할 것 같은데.. 다른 날은?"

"그럼 목요일이나 금요일, 둘 중에 언제 가 괜찮아?"

"음.. 금요일."

혹시라도 삐끗해 키니 혼자 오래 기다려야 하는 날에는 둘 다 신경이 날카로워져 다투기도 한다. 초조한 마음에 감정싸움을 몇 번 하고 나서야 '성질내봤자 마음만 상하고, 해결되는 것은 없다. 키니는 여전히 집에서 기다리니 최대한 서둘러 집에 가자'는 결론을 얻었다. 이제는 노력해줘서 고맙다며 제법 서로를 다독일 줄도 안다. 돌보아야 할 존재가 있다는 건 생각보다 아주 많은 시간과 정성이 필요했고, 나 하나만 챙기면 됐던 심플한 삶과는 몹시 달랐다.

고백하건대 키니로 인해 내 생활이 이렇게까지 뒤바뀔 것은 예상하지 못했다. '조금이라도 더 키니와 시간을 보내야 해'라는 필사적인 마음 탓도 있었다. 그러나 키니는 내가 움직여야만 밖에 나갈 수 있는데, 내가 뭔가를 좀 덜 한다고 실망하는 건 안 될 말이었다. 그렇지만 앞으로 키니와 보낼 긴 날들을 생각하며 좀 더 느긋한 마음으로 지내보면 어떨까 싶었다.

이제는 뼈 간식을 뜯는 키니 옆에 붙어 아이패드로 영화를 본다. 주말엔 공원으로 나가 하늘에 떠 있는 구름과 달을 구경하고 애견동반이 가능한 카페에 키니와 함께 앉아 시간을 보낸다. 여전히 시간 관리에 실패하며 죄책감을 느끼기 일쑤지만, 키니는 예전이나 지금이나 내 옆에 있어준다. 그 사실 하나만으로 나는 잃은 것들에 대해 생각하기보다 이 평화로운 시간에 감사하는 마음을 가진다.

강아지를 키우기 전 알아야 할 사실 2
열린 지갑

"이거, 저번에 키니가 맛있게 먹던 건데.",
"키니 새 방석 사줄까?", "어느 영양제가 좋다던데 먹여볼까?"
키니를 위해서라면 내 지갑은 항상 열려 있다.

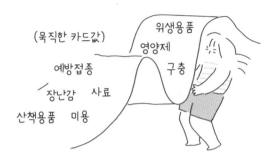

(묵직한 카드값)

위생용품

영양제

구충

예방접종

장난감 사료

산책용품 미용

강아지를 위해 쓰는 돈은
생각보다 많다.

병원비가 부담된다며
유기되는 강아지가 많다.

강아지가 나이가 들고 아프면
병원 비용만 몇십~몇백 단위로 올라가기도 한다.

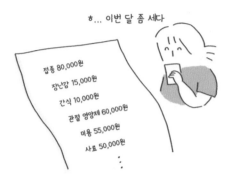

ㅎ... 이번 달 좀 세다

접종 80,000원

장난감 15,000원

간식 10,000원

관절 영양제 60,000원

미용 55,000원

사료 50,000원

개인차가 있겠지만, 평균 소요 비용이
결코 적은 금액은 아니라는 것.

오늘 누나 월급날이야
많이 먹어.

냠냠   월급날?

키니가 맛있게 먹는 모습을 보기 위해
열심히 일해야 한다.

중소형견 기준 20년 동안 함께 지내는 비용은 최소 천만 원. 이것도 개가 아픈 곳 없이 건강할 때 사료와 간식, 기초 생필품 등만 따진 금액이다. 나이가 들고 아프기 시작해 병원에 다니면 초기 검사 비용만 백만 원을 훌쩍 넘고, 수술이나 기타 의료비까지 생각하면 상당히 큰 금액이다. 키니는 아직까지는 큰 병으로 입원한 적은 없지만, 산책하러 나가면 어느 집 강아지가 수술 한 번 하는데 수백만 원이 들었다는 이야기를 가끔 전해 듣는다.

키니는 나도 챙겨먹지 않는 영양제를 피부, 피모, 관절까지 종류별로 먹는다. 특히 점프를 많이 하는 푸들은 슬개골 탈구에 취약해 초기부터 관리하는 게 좋다고 해서 효과가 좋다는 브랜드의 관절 영양제를 해외 사이트를 통해 주문한다. 높은 침대와 소파에 점프하는 것도, 미끄러운 바닥에서 생활하는 것도 슬개골에 좋지 않다고 해서 집의 가구까지 키니 맞춤으로 바꾸었다. 저상 침대는 물론이요, 바닥에 깔린 미끄럼 방지 놀이 매트만 해도 몇십만 원을 훌쩍 넘는다.

미용비도 무시할 수 없다. 내가 다니는 애견 미용실은 몸무게 5kg까지는 미용비가 오만 원이고 그 이상은 칠만 원이다. 키니가 5.5kg이었을 때까지만 해도 눈치를 보며 오만 원으로 결제했는데 얼마 전 키니의 체중이 6kg을 넘어서, 이달부터는 양심적으로 칠만 원씩 결제한다.(내 헤어 커트가 2만 원인데) 그래, 나는 머리카락 묶고 다니면 되지 뭐. 내가 또 묶은 헤어스타일이 잘 어울린다.

각종 펫페어에 가면 구매욕을 자극하는 제품들이 어찌 그리 많은지. 색색의 별난 장난감을 보면 키니 생각에 꼭 하나씩 집어 든다. 사실 키니는 세 장에 천 원인 행주 한 장만 던져줘도 신나게 잘 놀지만, 장난감 열 개 중에 하나쯤은 키니 마음에 쏙 드는 게 있을까 싶어 장난감 구매를 멈출 수가 없다. (그리고 행주와 장난감 두 개 모두 망가트린다) 저랑 놀자고 쫄래쫄래 장난감을 물고 오는 모습을 보면 계속 사다 바칠 수밖에 없다.

사료와 간식, 접종, 배변 패드 같이 필수용품을 구매하는 비용 외에 옷과 산책용품, 위생용품이 하나씩 추가되면 달에 평균

20만 원 정도는 금방이다. 혹시 키니가 큰 수술을 할 때를 대비하여 적금도 따로 모으고 있다. 남들보다 딱히 대단한 걸 해주는 것도 아닌데, 마치 열려있는 지갑에서 돈이 술술 빠져나가는 기분이다.

비용 문제는 키니를 입양하면서 이미 각오했던 부분이지만, 반려인들의 '마음으로 낳아 지갑으로 길렀다'는 우스갯소리가 괜히 나오는 게 아니다.

강아지를 키우기 전 알아야 할 사실 3
산책은 필수

넓은 초원을 숨차게 내달리는 키니의 모습에 가슴이 벅차오른다.
노을 아래 황금색으로 빛나는 키니의 털이 눈부시다.
키니의 냄새를 갈피 삼아 이 장면들을 천천히 떠올린다.
산책은 이제, 어쩌면 나에게 더 필요한 것 같다.

많은 케어가 필요한 강아지.
그중에서도 산책은 정말 중요하다.

강아지는 발달된 후각으로 세상을 읽는다.
다양한 냄새를 맡게 해주어야

친구!

새로운 자극을 느끼고, 바깥 세상을 배우며
사회성도 기를 수 있다.

키니는 실외 배변이라
1일 2산책이 기본

끄응

와 키니야
냄새 실화야?

매일 나가는 게 쉬운 일은 아니지만

아휴 나오니까 좋다

종일 산책을 기다렸을 키니를 생각하면
부지런히 문 밖을 나서게 된다.

'어차피 매일 밖으로 나가는데, 몇 시간도 아니고 잠깐 시간을 내는 게 어렵겠어?'

어렵다. 말은 쉬워 보여도 매일 집 앞에 산책하러 나가는 건 에너지 소비가 엄청나다. 반려견에게 산책이 얼마나 중요한지 이제는 많이 알려졌지만, '온종일 일하고 왔는데 다시 나가기 힘들다'며 산책을 미루는 사람이 아직도 꽤 있을 것이다.

나와 언니는 산책만큼은 거른 적이 없지만, 출근 전후로 나가는 산책에 적응하기까지 스트레스를 많이 받았다. 종일 키니와 함께 있어 주지 못하는 미안한 마음에 키니와 함께하는 시간을 즐겁고 신나게 채워줘야 한다고 생각했다. 억지로 체력을 끌어내 집에서 최대한 멀리 떨어진 곳에 가서 쉴 새 없이 걷고 숨이 찰 때까지 뛰는 산책만 '진짜 산책'이라고 생각했다.

그러나 키니가 가장 즐거울 시간에 내가 부담을 가지거나, 내 몸이 힘들 정도로 먼 곳으로, 오랜 시간 산책을 해야만 키니가 즐거워할 거라는 생각은 옳은 방향이 아니었다. 그래서 우선

'무조건 1시간 이상 나간다'라는 인식 대신에 '혼자 시간을 보냈을 키니의 스트레스를 풀어주자'라고 생각을 바꾸었다. 키니는 충분히 내 걸음을 맞춰줄 수 있는 개였다.

1. 키니도 산책이 스트레스가 될 수 있다. 걷기 위해 억지로 걸음을 재촉하지 않는다.
2. 산책은 집을 나서는 순간부터 시작된다. 차분한 상태로 나란히 앉아 있는 것도 일종의 산책이다.
3. 충분히 냄새 맡기, 공놀이, 잡기 놀이, 다른 개와 만나는 사회적 교류 등 키니가 흥미를 보이는 것에 집중한다.

위의 세 가지를 기준으로 삼으니 집을 나서는 발걸음이 한결 가벼워졌다. 물론 너무 힘들어 집에 가만히 누워있고 싶을 때도 있다. 나는 디자인 스튜디오를 3년째 운영하고 있는데, 슬슬 자리를 잡아가는 건 좋지만 한창 바쁠 때는 일과 사람에 치여 약한 마음이 들기도 한다. 수입이 끊기면 안 된다는 생각에 너무 대책 없이 일을 받은 걸까? 일은 정작 현재와 미래의 내가 할 텐데 과거의 나는 무슨 생각으로 된다고 외쳤나? 이런 생각들로 조금만 방심하면 나는 스스로를 후회의 구덩이로 밀어 넣기 일 쑤였다.

'다음 주까지 보내줄 외주 작업물 아이디어도 구상해야 하는데. 혹시 시간이 남는다면.. 며칠째 미뤄둔 빨래와 방 청소도 해야지.'

키니의 눈 너머로 미처 끝내지 못한 일들을 떠올린다. 일을 벌이는 것도, 계획하기도 좋아하는 나는 에너지를 바닥까지 긁어 쓰다가 오늘과 내일 사이에 갇힌 채로 멍하니 앉아있을 때가 있다. 이렇게 여유가 고갈되면 도미노가 쓰러지듯 일상이 무너질 것을 안다. 자책할 시간에 바람이라도 쐬러 나가 머리를 식히는 게 훨씬 효율적인 멘탈 처방이다.

키니가 왕! 하고 짖는다. 뿌연 눈앞이 카메라의 초점을 맞추듯 선명해진다. 그래. 일은 일이다. 키니와 함께 하는 시간에 집중하자. 지금은 햇살이 그려둔 짙은 노을 냄새를 맡으러 갈 시간이다. 키니의 꽁무니를 따라 길을 걸으면 마음은 다시 따뜻한 햇볕 냄새를 머금는다. 초조한 마음도 서서히 사그라들고, 나를 행복하게 만드는 것들이 부풀어 오른다.

산책은 키니에게 꼭 필수이지만, 어쩌면 나에게 꼭 필요한 것 같다.

강아지를 키우기 전 알아야 할 사실 4
기다려주기

스쳐 지나간 개들에게 나는 너무 무심했다.
그러나 '몰랐다'는 말로 계속 외면할 수는 없다.

반려인 1천만 시대.
반려동물의 귀여움이 넘쳐나지만

한 해 버려지는 동물의 수는
약 10만 마리
출처: 농림축산검역본부
동물보호관리시스템

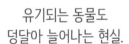

유기되는 동물도
덩달아 늘어나는 현실.

버려진 아이는 이유도 모른채
보호자를 기다릴 뿐.

심지어 자기가 보호자를
'놓쳤다'고 생각한다.

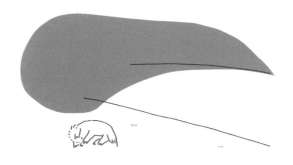

그렇게 길거리를 헤매다 죽거나,
운이 좋아 구조해도 입양처가 없으면 안락사시킨다.

부디, 생명에 대한 책임감을
무겁게 가지길 바란다.

키니는 방석을 뜯어 안의 솜을 꺼내는 것을 즐거워한다. 아무리 튼튼하게 기워도 키니의 단단한 턱 아래에 터져나간 인형과 방석이 두 박스는 넘는다. 키니가 어렸을 때는 바닥에 깔아 둔 배변 패드를 물고 뜯어 속의 충전재를 거실에 온통 흩뿌린 적도 있다. 산책하러 나가면 길에 떨어진 음식물을 덥석 주워 먹기도 한다. 혹여나 닭 뼈를 주워 물면 위험하니 뱉으라고 하는데, 그러면 입을 일자로 굳게 다물고 절대 내어주지 않겠다고 고집을 부린다.

또 발톱 깎는 것을 죽도록 싫어해 안은 채로 발을 만지작거릴라치면 내 품에서 탈출하기 위해 온몸을 버둥댄다. 그 와중에 내 팔이며 다리에 벌건 발톱 자국을 길게 그어 쓰린 상처를 남긴다. 몹시 착하고 이해심 많은 키니지만, 가끔 이렇게 골치 아프게 할 때가 있다.

'개를 키우고 싶은데, 키워보니 어떻냐'고 가끔 질문을 받는다. 물리적 비용이나 할애해야 할 시간을 설명하고, 꼭 덧붙이는 말은 바로 '말 잘 듣는 얌전한 개는 어디에도 없다'는 것. 개와 함께 산다는 것은 아주 큰 인내심과 사랑을 필요로 한다. 개는 뭔가를 계속 물어뜯고, 시끄럽게 짖는다. 그리고 먹고 마시는 것부터 배변 처리까지 혼자 할 수 있는 건 아무것도 없다.

반려동물과 함께하는 삶, 그 문을 열고 '나는 개를 좋아하는 사람이니까 무엇이든 다 할 수 있어.'라는 생각으로 키니를 맞이했다. 키니와 4년의 세월을 보내고서야 깨달았다. 내가 안다고 여긴 것은 극히 일부였고, 준비가 부족한 나에게 문은 너무 쉽게 열렸다는 걸.

개를 단순히 소유물로 생각하고, 제 말에 복종하지 않는다는 이유만으로 등을 돌리는 사람들이 있다. 해마다 하루 평균 2백여 마리, 해마다 9만여 마리 씩 버려지는 유기견은 이처럼 섣부른 선택을 하는 무책임한 이들이 아직도 많다는 걸 증명한다. 버리는 사람의 변명은 다양하다. 문제행동을 해서, 늙고 병들어 돈을 많이 써야 해서, 심지어 어릴 때만큼 작고 예쁘지 않아서라는 이유도 있다. 개는 일회성 취미생활도, 장난감처럼 버리는 물건도 아니다.

이제는 서로의 의중을 어느 정도 읽을 수 있지만 이렇게 합을 맞출 때까지 키니도 나도 오랜 시간이 필요했다. 키니가 내게 하고 싶은 말이 있는 것 같은데, 알아주지 못할 때면 내가 가진 반려견에 대한 부족한 지식에 몹시 미안했다. 그러나 개는 보호자가 서투른 행동을 해도 계속 귀 기울이고 이해하려 노력한다고 한다. 키니 역시 나를 이해하려 애쓸 게 분명하니, 나도 개가 보내는 신호의 종류를 찾아보고 공부하며 키니를 알기 위해 노력한다. 서로를 배려하며 맞춰가는 사람의 관계처럼, 반려견과 함께 생활하기 위해서도 충분한 시간과 인내심이 필요하다.

좀 더 따뜻한 온도

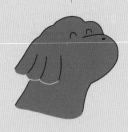

키니는 미처 보살피지 못한 내 마음을 다정히 핥아주며
'괜찮다.' 따뜻한 위로를 건넨다.

WORLD

PEACE

단언컨대 세계 평화는

따뜻하고 말랑하고

응축된 꼬순내

졸린 강아지 뱃살에 있다.

무기력한 주둥이

거기에 없다면 턱에 있다.

확실하다.

사회 초년생이었을 때의 적은 월급으로는 내일의 안녕조차 바랄 수 없었다. 쪼개고 쪼개 월세와 생활비로 충당하고 나면 수중에 남은 돈이라곤 정말 쥐꼬리만 했다. 결국, 내 불안감과 초조함을 떨쳐내기 위해 회사를 퇴사하고 프리랜서로 전향했다. 일이 들어오는 대로 예스를 외치며 밤낮없이 일했다. 내 온도를 지키는 사람이 되자고 다짐했건만, '사회생활을 하는 누구나 비슷한 서러움이 있을 거야.'라며 지쳐가는 스스로를 모른 척 외면하며 열정의 예스맨 명찰을 달았다.

다행히 바쁘게 움직인 덕에 생활은 점차 안정을 찾았다. 뜨거운 외향과는 반대로 마음 온도는 점점 바닥으로 내려갔지만, 소기의 목표는 생활의 안정이었으니 이 태도가 마치 정답인 것 같았다.

그렇게 시간이 지나자 이제는 다른 사람이 내 삶에 영향을 미치게 하고 싶지 않았다. '저 사람도 자기 멋대로 말하는데, 나라고 못 할 거 있어? 남 신경 쓰지 말자. 무엇보다 나를 더 생각하자.', '너는 그렇게 살라지. 나는 내 삶을 살기에도 바쁜걸.' 다소

방어적인 태도로 타인과 나를 분리했다. 지친 내가 종국에 무너지지 않도록 세운 마지노선이었다.

그러나 키니는. 나에게로 온 키니는 어떤가 하면, 이렇게 따뜻함으로 꽉 채워진 존재를 나는 본 적도, 알지도 못한다. 키니는 나를 햇빛 아래로 이끌어 봄의 푸름과 가을의 낙엽을 바라보게 했다. 여름이 오면 그늘에 앉아 초록을 만끽하고 겨울이면 고요히 등을 붙이고 앉아 체온을 나누었다. 그동안 키니는 변함없는 안온과 평화를 보이며 자꾸만 나를 따뜻하게 만들었다. 조금 높은 키니의 체온마저도 나를 감싸기 위함일까. 키니가 주는 마음의 온도에 맞는 사람이 되고 싶었다. 내 곁에 붙어 앉은 키니가 너무 춥지 않도록. 함께 따뜻하면 좋겠다고 생각했다.

그제야 냉소적이었던 나의 마음을 깨달았다. 얼굴이 화끈거렸다. 남을 등지고 내 몸만 껴안았다면, 결국에는 나를 지지해주는 관계를 끊어내는 줄도 모르고 자기 연민에 갇혀 서서히 가라앉았겠지.

내가 사랑하는 따뜻한 개는 사람을 아주 좋아하고, 용기 있게 코를 들이민다. 그래서 나도 좀 더 따뜻한 온도로 사람들과 대화하고, 안부를 묻는다. 불시에 던져진 차갑거나 뜨거운 말에 상처받는 날도 있지만, 곧 나에게서 분리해낼 수 있다. 너무 차갑지도, 뜨겁지도 않은 기분 좋게 따뜻한 온도. 내 옆에 누운 갈색 푸들은 나에게 그런 온도를 나누어 준다.

다정할 준비

키니의 곱슬곱슬한 갈색 털 사이에는
분명, 다정함이 숨겨져 있다.
키니의 등을 쓰다듬는 내 손에
다정함이 함빡 묻어나는 걸 보면 알 수 있다.

가끔 그런 기분이 들어.

귀여워

(고양이 알러지)

나는 강아지보다 고양이를 더 좋아했고

푸들이고, 첫째래.

다 귀엽지 뭐...

갈색은 내가 좋아하는 색도 아니었는데

무슨 생각해?

강아지에다가, 갈색 푸들인 키니가

내 반려동물이 되었다는 게 신기한,
그런 기분.

어쩜 이렇게 소중할까?

까아아

참 신기한 내 갈색 푸들.

키니와 밤 한가운데 기대어 나누는 숨소리가 따뜻하다. 오늘의 무사함을 되새기며, 키니와 함께하는 일상은 사랑하는 사람들의 도움으로 유지되고 있음을 깨닫는다.

나의 고향, 부산에 계시지만 언제나 응원과 믿음을 보내주시는 든든한 부모님. 이번 키니의 네 살 생일에는 꼬까옷을 선물해주겠다고 하시며 택배로 키니 옷을 한가득 보내셨다. 딸들이 키니와 함께 언제쯤 부산에 오려나, 전화 너머로 그리워하시는 모습에 마음이 뭉클하다. 엄마가 전해준 소식으로는, 아빠가 요새 애견용품 가게가 보일 때마다 키니에게 줄거라며 장난감이나 간식을 구매하신다고 한다.

마찬가지로 언제나 나를 응원해주고 힘을 북돋아 주는 친구들. 키니와 닮은 개를 보거나, 혹은 그냥 지나가는 개를 보고서 내가 생각났다는 말에 웃음을 터뜨린다. 내 근황을 물으며 키니까지 살뜰히 챙겨주는 친구들의 마음이 고마워 '언제 한번 보자'는 빈말이 아닌, '며칠에 볼까?'라고 물으며 소중한 인연을 이어간다.

고향 친구 한 명은 키니를 보기 위해 우리 집에 자주 놀러 오는데, 올 때마다 키니의 장난감을 선물로 한가득 안겨준다. 밖에 나가기 귀찮아하는 성격에 산책도 흔쾌히 따라나서고, 사진이라고는 자기가 마신 와인밖에 찍지 않으면서 반드시 키니와 함께 정면을 바라보는 사진을 찍겠다며 열을 올린다. 나는 먼 길을 달려와 준 게 고마워 부족한 실력으로나마 친구가 좋아하는 요리를 한 상 가득 준비한다. (그러나 키니가 집에 없는 날에는 '내가 키니 없는 너희 집에 갈 필요가 있겠느냐'는 말로 나를 자신의 집으로 초대한다)

한 친구는, 자신도 오래전 몽이라는 이름의 말티즈를 키웠었다며 그리움을 담은 손으로 키니를 쓰다듬었다. 가끔 몽이의 이야기를 나에게 들려주던 친구는 이제 하얀 털을 가진 고양이를 키우기 시작해, 디즈니의 〈라이온 킹〉을 보러 가서 고양이를 떠올리는 훌륭한 집사가 되었다.

키니의 마르지 않는 다정함이 내 마음을 채우고, 그곳에 비추어진 고마운 사람들의 모습이 선명하다. 바쁜 일상 아래 묻어둔 마음도 키니는 재주 좋은 코로 찾아내고, 또 찾아내 그들에게 사랑과 감사를 건네라 속삭인다. 얼기설기 서툴게 쌓아 올린 내 일상 사이로 다정함을 채워주는 키니. 개의 위로만큼 다정함을 배울 수 있을까.

너를 흉내 내며, 나는 내일도 다정할 준비가 되어 있다.